KiWi

Paperback

KiWi

651

Über das Buch

Rosa, eine Großstadt-Frau von heute – geschieden, alleinerziehend, hektisch und liebenswert, kratzig und hoffnungslos romantisch. Meist überfordert in ihrem Beruf als Sozialarbeiterin und als Mutter einer wibbeligen Tochter. Genau diese Frau sieht bei einem Fastzusammenstoß auf der Autobahn zum ersten Mal Rick, Testfahrer bei Ford, Minipli, Sonnenbrille auch ohne Sonne, Box-Studio und Milieu. Das kann nicht gutgehen. Aber komischerweise – die Ereignisse überschlagen sich während der heißesten Tage des Jahres in Köln, zwischen Rick und Rosa geht etwas …

Ein kleiner Roman über die großen Dinge des Lebens – die fast romantische Liebesgeschichte zwischen zwei Menschen, die nichts miteinander zu tun haben und es trotzdem passieren lassen, mitten in ihrem hektischen Alltags- und Berufsleben, in dem immer zu viel passiert und doch meist zu wenig.

Die Autorin

Renan Demirkan, geboren 1955 in Ankara, seit dem 7. Lebensjahr in Deutschland. Seit 1980 arbeitet sie als Schauspielerin für Theater, Film und Fernsehen. Sie erhielt für ihre Arbeit den »Förderpreis NRW«, den »Grimme-Preis«, die »Goldene Kamera«, den »Hessischen Darstellerpreis für Film« und das »Bundesverdienstkreuz«.

Weitere Titel bei K&W

»Schwarzer Tee mit drei Stück Zucker«, 1991. »Die Frau mit Bart«, 1994. »Es wird Diamanten regnen vom Himmel«, 1999. »Der Mond, der Kühlschrank und ich«, KiWi 628, 2001, herausgegeben von Renan Demirkan.

Renan Demirkan

Es wird Diamanten regnen vom Himmel

Roman

Kiepenheuer & Witsch

1. Auflage 2001

Umschlaggestaltung: Barbara Thoben, Köln
Umschlagfoto: © Stefan Worring, Köln
Gesamtherstellung: Clausen & Bosse, Leck
ISBN 3-462-03051-5

Wir können immer nur ein vergangenes
Stadium des Universums betrachten.

aus: »Eine kurze Geschichte der Zeit –
Die Suche nach der Urkraft des Universums«
von Stephen W. Hawking

für jetzt

. . .
ich wollte dich nie für immer,
Liebster,
ich wollte dich immer nur für jetzt –
nichts dauert für ewig, dachte ich,
kein Tanz und kein Gefecht,
keine Flucht und kein Glaube,
keine Nacht und keine Scham –
aber dein Echo ist eingewachsen
wie ein Mal,
wie ein lichtloses Auge,
ein schlafloses Wort,
wie nie geboren,
weil ein bißchen tot,
wie ein Vermißter ohne Grab –
ein Zwilling,
der keinen Atem braucht,
angenäht wie ein neues Organ,
das nun für immer bleibt,
für ewig und für jetzt –
. . .

Ich habe »ja« gesagt. Das erste Mal seit einer Ewigkeit, ein einfaches »Ja« ohne Zweifel und Rechtfertigung, ohne die süchtige Angst, daß ich es morgen sowieso wieder bereuen werde – zwei Buchstaben randvoll mit Zuversicht und Übermorgen.

Das war gestern früh. Mir war, als hätte ich neues Blut getrunken.

Theo und meine Kollegen grinsten spöttisch, sie hätten es eh gewußt: »Die Zeit heilt alle Wunden«, wiederholen sie wie ein Gebet, als gelte es, einen Fluch loszuwerden. Aber die Zeit sitzt wie eine Krähe auf der Wahrheit und pickt dich blutig, wenn du versuchst abzuhauen. Sie verteilt keine Absolution, im Gegenteil, du mußt sie ertragen. Zeit ist eine Prozession bis ins Herzende.

Natürlich hatte ich auch schon vorher oft »ja« gesagt, auf Fragen wie: Möchtest du etwas trinken?, wenn ich Durst hatte, oder: Wollen Sie die Schuhe kaufen?, wenn sie mir gefielen. Das ist das pragmatische, gewöhnliche »Ja«. Ja, wenn das Kind in die Schule muß, ja, wenn es um Verhütung geht oder das »Ja« für den Atomausstieg.

Das sind die strategisch notwendigen »Jas«, trotzige Mandalas in einer High-Tech-Gesellschaft, um das eigene Ende soweit wie möglich hinauszuzögern.

Aber dieses stille »Ja« hatte mit alldem nichts zu tun. Es war klein und bescheiden gegenüber den großen »Jas«, nur eine Silbe aus dem Mund einer 42jährigen, alleinerziehenden Tanztherapeutin. Wenngleich es die Wirkung eines Losungswortes hatte, mit dem Hypnosen beendet werden.

Es war die Wiederentdeckung eines längst entschwunden geglaubten Universums, in dem Fehler erlaubt sind, Versagen zum Wachsen gehört und Umwege die Suche erst richtig spannend machen.

Es war die Rückkehr des Anfangs.

Und es hatte am Freitag vor sieben Tagen begonnen.

1

Wie so oft in den letzten fünf Jahren, hatte ich das Packen bis zur allerletzten Sekunde hinausgezögert, weil ich mich nicht von Anna trennen mag, meiner elfjährigen Tochter. Ich mag sie nicht wegschicken zu einem Mann, mit dem mich eigentlich nichts von Dauer verbunden hat. Aber er ist ihr Vater, und beide wollen sich sehen. Also fliegt Anna in den Schulferien jedesmal tausend Kilometer zu ihrem Vater hin und vor Schulbeginn dieselbe Strecke zu ihrer Mutter zurück, wie es in den Scheidungspapieren vereinbart wurde.

Und seit fünf Jahren habe ich schlechte Laune vor ihrem Abflug und schlafe die letzte Woche überhaupt nur mit Kauschiene, weil mein Zähneknirschen sie sonst aufweckt. Denn jedesmal, wenn sie fort ist, verliert z. B. das Um-sieben-Uhr-Aufstehen seinen Sinn. Auch, daß es ein warmes Essen zu Mittag geben muß, oder das dreimalige Zähneputzen täglich, weil ich selbst bis auf die Schneidezähne komplett verkront bin. Die Vier-Zimmer-Altbauwohnung wird plötzlich zu groß, und das akribisch, aus rein biologischer Erzeugung Zusammengesuchte vom Bio-Tapetenkleister über Bio-Shampoo, Bio-Fleisch, der allergiefreien Unterwäsche, bis hin zu fair gehandeltem Kaffee und Kakao wird schlagartig zu einem absurden Hobby einer neurotischen Mitteleuropäerin.

Jedesmal wird mir von neuem klar, welch eine Aufforderung allein ihre Anwesenheit bedeutet. In ihrer Gegenwart denke ich nicht an Unglück und Untergang. Kinder verhindern, daß wir gleichgültig werden.

»Kinder zwingen uns zur Zukunft«, hatte ich damals begeistert in meiner Magisterarbeit geschrieben. »Sie wissen noch nichts, aber sie glauben und sie kennen keinen Zweifel. Sie sind reine Bereitschaft und Hingabe, der fleischgewordene Treffpunkt von Augenblick und Wahrheit, und das macht sie zu den innersten Wesen der Zukunft. Ihre Anwesenheit ist ohne Absicht und ohne Bedrohung.« Das war auch das Ausschlaggebende bei meiner Berufswahl gewesen. Ich wollte eine Arbeit, die frei ist von jeglicher Bedrohung. Aber Pädagogik pur war mir zu wortlastig, außerdem ist eine erzieherische Führungsrolle nicht gerade meine Stärke, für ein reines Musikstudium reichte meine Begabung nicht aus, und bloß ein Tanzstudium hätte mich zu abhängig gemacht. So studierte ich Rhythmik mit tanztherapeutischem Schwerpunkt.

Aber mittlerweile weiß ich aus meiner täglichen Arbeit, daß Kinder vielleicht im Idealfall diese Wesen sind – wenn sie geliebt und beschützt werden. Wenn nicht, verkehrt sich ihr Verhalten ins rohe Gegenteil und läßt sie ohne Ziel und ohne Glück zurück. Seit zwölf Jahren arbeite ich nun in städtischen Heimen, sowohl mit Einzel- als auch Gruppentherapie, um den Kindern ein Mindestmaß an Selbstvertrauen anzutrainieren, durch Sensibilisierung der eigenen Körpererfahrung, der eigenen Kreativität, mit Bewegung, Tanz und Musik, gleichzeitig weiß ich wie jeder Pädagoge, daß Kinder keine Verantwortung empfinden werden, wenn sie von ihren Eltern nicht gewollt wurden. Ohne Regeln und Rituale, die ihren Alltag absichern, ohne ein Revier, das ihre Zuflucht ist, schwirren sie wie aus der Gravitation geschleudert umher, beziehungslos, ohne Geschichte und ohne Zukunft.

Es ist besser für mich, wenn Anna da ist, es ist bequemer. Außerdem mag ich die Rosa, die ich mit ihr bin. Zugegeben, es ist auch schwierig und kompliziert, beengt und eingezwängt, aber eben auch bequem. Sie ermöglicht mir ein einfaches Lebensmodell, ein lineares Leben im Rhythmus ihrer Notwendigkeiten. Ich bin die Beamtin ihres Schulplans und der Butler ihrer Freizeitaktivitäten. Und davon hat eine Elfjährige des ausgehenden 20. Jahrhunderts eine Menge: schwimmen, reiten, Freundinnen besuchen, die Lieblings-Fernsehserien nicht verpassen, Schlittschuh laufen, skaten und shoppen. Und damit ist die andere Hälfte der bezahlten Halbtagsstelle bis in die letzte Sekunde hinein vollgestopft. Das normale burn out einer Alleinerziehenden.

Anna ist der Fixstern, der glänzt, und ich kann meine Träume in Briefe eintüten ohne Empfänger. Und das ist wirklich bequem. So kriege ich nie Antworten, die schlaflos machen. Und es ist gut, wenn ich mir selbst keine Fragen stellen muß. Fragen, deren Antworten in Tarnkleidung durch meine Geschichte schleichen. Fragen wie: Warum ist das alles mit mir passiert? Warum bin ich verschwunden, durchsichtig geworden, als könnte ich meine Gegenwart nicht mehr berühren?

Ich hatte mich ganz in mich zurückgezogen in den letzten Jahren. Ich lebte in mir, und alles Lebendige außerhalb interessierte mich nur als eine unter vielen Wahrheiten. Ich hatte meine eigene Dunkelkammerwahrheit, meinen Parkplatz. Was sich da draußen auch herumtreiben mochte, es waren nur Scheinexistenzen. Dabei hatte auch ich einmal so endlos gelebt und gehofft, und es hatte aufgehört, einfach aufgehört.

Alles hörte auf, irgendwann. Nichts war von Dauer, nur ich in mir, wenn ich beschützt war von mir selbst. Für mich, in meiner eigenen Gesellschaft, gab es kein Verfallsdatum und keinen Verrat. Und ich hatte mich so versteckt, daß nur ich mich wiederfinden konnte. Und das, obwohl ich diese Rosa eigentlich gar nicht mochte, sie war ein Ichling geworden, betäubt von Bequemlichkeit – und sie brauchte diese Bequemlichkeit wie Medizin, und zwar in klinischer Dosis.

Ich ahnte nicht, welche Verführungskraft Dunkelheit besitzt. Ich ließ diese Rosa sich überall ausbreiten wie Schmierfett, zwischen Freunden und Arbeitskollegen, zwischen mir und den kurzen Affären, zwischen mir und meiner Tochter, und gleichzeitig litt ich darunter, weil ich für Anna eine glückliche Hinterlassenschaft wollte, nicht dieses diesige Gefühl, wie in Spiritus eingelegt.

Ich merkte nicht, daß die Farben verschwanden. Irgendwie ergraute alles. Ich spürte auch nicht, daß ein Rauschen meine Ohren verschloß, wie ein Feuer, das nicht weh tut. Irgendwie verschwanden Stimmen und Gesichter, und ich verlernte, zu hören und zu sehen.

Dabei war ich einst sehr wachsam. »Das Kind ist Auge und Ohr«, erzählte man sich. Ich erinnere mich, wie ich unermüdlich zwischen den Erwachsenen saß, eingeräuchert vom Nebel aus Qualm und Alkohol, und ihnen zusah, wie sie allmählich vulgär und breiig wurden, kloßig und hirngelähmt. Ich hörte ihnen zu, bis ihre Worte über Ehe, Arbeit und Freunde wie tote Fliegen in der Suppe lagen. Gleichzeitig wurde mir immer klarer, daß ich dieses Stadium des Erwachsenseins irgendwie überspringen mußte. Nie wollte ich so jämmerlich und so geschwätzig sein. Und so unglücklich! Ich wollte gleich und übergangslos alt werden, so alt wie meine Oma, und eine Bedeutung haben.

Mir war es völlig unverständlich, was an diesem bedauernswerten Zustand des mittleren Menschenalters so erstrebenswert sein sollte: Immer nur arbeiten, um Raten, Renten, Versicherungen und Bausparverträge abzuzahlen? Erwachsen sein war der pragmatische Knick im Sofakissen, damit es stehen bleibt und nicht umfällt. Ich wollte auch nie, wie die anderen

Mädchen aus der Umgebung, meinen Vater heiraten oder einen, der so war wie er. Von klein auf schon wollte ich mich aus dieser genetischen Raumstation abkoppeln und lieber für immer ein Kind bleiben oder gleich eine Oma sein.

Und als meine Mutter mich einmal nach einer gemeinsamen Backstunde lobte: »... und wenn du groß bist, wirst du es genau so schön haben wie wir«, rannte ich weg und tobte: »Nie! Niemals! Ich will niemals so traurig werden wie ihr!« Mit Tränen in den Augen schleuderte ich meine Glasperlen in die Luft und schrie: »Ich will, daß es Diamanten regnet vom Himmel!«

Und jetzt?

Jetzt sitze ich in meiner Dunkelkammer und spule die alten Bilder durch die Zeit, und die Erinnerung schmeckt nach Kitt:

Da stehe ich vor fünfzehn Jahren vor einem Betonklotz im Randbezirk einer süddeutschen Stadt. Sonst ist da nichts.

Nur dieses eine Hochhaus, wie eine riesige, schwarze Laterne mit großen und kleinen eckigen Fenstern in den verschiedensten Gelbtönen: teegelb, quittengelb, hennagelb und khakigelb.

Es ist feucht wie im Moor und sehr dunkel, ein Herbsthimmel ohne Sterne.

Im elften Stock brennt ein großes, quadratisches Licht, ein honiggelbes Licht.

Es ist das Licht in seiner Wohnung, so ungeheuer weit oben.

Und ich stehe neben überfüllten Müllcontainern und Dutzenden aufgeplatzter, am Boden verstreuter Säcke, aber ich rieche den Gestank nicht und halte den teuersten Champagner, den ich im Supermarkt kaufen konnte, in der Hand.

Und ich weiß, daß ich gleich da oben sein werde und mich hinlegen will, und ich will nicht mal fragen, ob er das Laken gewechselt hat nach der Rothaarigen, und ich weiß, ich werde auf dem Rücken liegen und mich ganz neue Worte sprechen hören, Worte, die ich noch nie benutzt habe, blinde Worte, die nun ins Honiglicht kugeln, und ich gebäre einen unberührten Sinn, und dieses Haus gehört in diese Welt und wir in dieses Zimmer, und der Weg hat einen Anfang und ein Ende, und das Atmen kommt von Gott, und die Liebe hat eine Ordnung – ja, eine Ordnung!

Da war eine Ordnung in seinen Händen. Sie waren fest und wohlüberlegt in jeder Bewegung, und ich liebte diese Ordnung seiner Hände.

Ich sehne mich nach einer Ordnung und lege mir seine Hände abwechselnd auf meinen Kopf und auf meine Brust, und es wird ganz still, und ich sauge an seiner Ordnung wie an einer Oblate.

Heimlich hoffe ich auf seine Hintergedanken und hoffe, das Versunkene zu finden.

Er hatte etwas Versunkenes, etwas, das entweder noch nicht geboren war oder schon gestorben. Ich erfuhr es nie. Nichts an ihm erlöste, ich verklumpte.

Und dann sehe ich uns in einem schwefelgelben Licht an seinem Fenster stehn, und er sagt, sieh mal runter, die kriechen wie Schildkröten, und ich erzähle ihm, wie ich als Kind Schildkröten steinigte, bis sie bluteten und sich zusammenzogen, und daß ich damals völlig überrascht war, daß der Panzer lebt und daß es Blut gibt im Panzer und Schmerzen. Ich wußte nicht, daß es Horn war, festgewordene Haut, ich dachte, Panzer sind aus Stein, und Steine weinen nicht. Da lacht er laut, und sein blauer Blick glänzt wie ein Himmel: Toll, das ist ja eine witzige Geschichte! Und ich sehe ihn an und denke, vielleicht ist er ja schon tot.

Mama!, das ist das ultimative Stoppsignal für jede Zeitreise. »Mama«, das bedeutet: jetzt und hier und heute und unmittelbar!

»Mama! Wir kommen zu spät«, bei diesem Ton steht Anna schon in der Haustür, bei »Mama! Jetzt komm doch endlich!« hat sie bereits die gelbe Lufthansa-Tasche um den Hals, den Rucksack geschultert, den Plüschaffen im Arm und wartet steif vor Aufregung im Treppenhaus und zwingt mich so, sie unverzüglich von hier wegzubringen. Und ich tue es, jedesmal zu spät, verwirrt und nervös, und immer ist ein Stau auf der Autobahn, und immer blinken mich schnellere Autos von der Überholspur. Trotzdem schaffe ich es jedesmal, noch irgendwie rechtzeitig am Flughafen zu sein, warte jedesmal, bis die Maschine abhebt, warte, bis es nach drei, vier Milchkaffees einen Grund gibt, zurück in die Wohnung zu gehn.

Anna hatte sich auf der Fahrt über einen Porschefahrer geärgert, der so dicht aufgefahren war, daß sie Angst bekam. Sie schrieb seine Autonummer auf und bestand darauf, daß wir diesen Menschen unbedingt anzeigen müßten. Das tat sie öfter, der Autohimmel war voll von gelben Spickzetteln mit Autonummern, aber auf diesen Verfolger war sie besonders wütend. »Das ist ein Krimineller«, schimpfte sie.

Als sie ihn in der Abflughalle wiedererkannte, gab es fast einen Eklat: Mitten im Sprint auf das Gate zu stoppte Anna urplötzlich, als wäre sie gegen eine Glaswand gelaufen, geradewegs und voll Absolutheit streckte sie, wie es nur Kinder können, den runden, weichen, weißen Arm bis zum Zeigefinger in die Richtung des Mannes mit dem riesigen Lutscher in der Hand: »Mama, schau, da ist der Kriminelle!« hallte die Empörung in glockenheller Stimme durch die Menge. Unzählige Köpfe drehten sich wild in der Gegend herum, angesteckt vom Entsetzen meiner Tochter. Ihre bestürzten Blicke suchten einen Schänder. Und sie suchten die Mutter!

Das ist eine der Situationen, in denen ich mich nach Techniken sehne, die es leider nur in Science-fiction-Filmen gibt: mich in Sekundenschnelle atomisieren zu lassen. Aber die Blicke waren schon da, wie eine Armada feindlicher Flugkörper, und meine Zentrale befahl: Hau ab! Volle Schubkraft!

Halb zog ich meine Tochter weiter, halb kroch ich davon. Die Peinlichkeit gipfelte dann unmittelbar danach in einer asiatisch-europäischen Karambolage. Ich hatte nämlich, um nicht erkannt zu werden, den Kopf so weit nach unten gesenkt, daß ich außer meinen Füßen und dem Boden nichts sah, auch nicht die Wand gerade angekommener Japaner, die ein schönes Gruppenphoto mit dem ausgestellten Ford-Auto machen wollten. Also prallte ich mit Kind und Gepäck derart heftig in ein Dutzend lächelnder Japaner mit Videokameras und Photoapparaten, daß ich mich nicht nur samt Kind und Gepäck wie ein aufgeplatzter Koffer auf dem Boden verteilte, sondern auch die Gruppe blitzender, freundlicher Japaner zu mir auf den kalten Stein herunterriß.

Da rief einer: Alle Neune! Ein anderer lachte, ein dritter applaudierte, und Anna beklagte sich: »Mama, du hast mir weh getan.« Das alles freute die freundlichen asiatischen Touristen, und sie beklatschten sich und mich, während sie sich gegenseitig hochzogen und immer wieder verbeugten. Als ich mich dann in multikultureller Bemühung ebenfalls verbeugend entschuldigen wollte, hätte ich einen der höflichen, japanischen Männer beinahe ausgeknockt. Unsere Köpfe knallten wie zwei Kokosnüsse. Das dumpfe Echo kreiste noch in meinem Kopf, als der erschrokkene Tourist blitzschnell einen Meter von mir weghüpfte, mich dann aber sofort wieder mit asiatischer Höflichkeit anlächelte und sich verbeugte. »Hau ab!« hörte ich es wieder in mir, und ich zwängte mich, ohne den Gruß zu erwidern, durch die Menge in Richtung Abflughalle.

Fast hätten wir die Maschine verpaßt. Und fast war ich ein bißchen froh über diesen Zwischenfall, der die Schwere aus dem Abschied nahm.

Die Stewardeß wartete schon. Die Wangen noch ganz rot von all der Aufregung, flüsterte Anna: »Mama, ich liebe dich!«, dann drückte sie mir ihren Plüschaffen in die Hände: »Hier, die Katzen haben Angst vor ihm«, dann verschwand sie und flog davon.

Ich blieb zurück.

Jetzt erst bemerkte ich die Hitze. Ich schwitzte gleichmäßig von den Haaren abwärts, wie in einer Verpackung, als wäre ich in eine Form gegossen. Ich spürte nichts.

Die Sonne brannte zitronengelbe Streifen auf den grauen Steinboden, und die Reisenden hatten etwas von Fischen. Sie bewegten sich wie im Aquarium, stumm und sinnlos. Fischäugige Handlungsreisende im Warteraum zweiter Klasse, nur mit Selbstbedienung. Eine Fata Morgana ohne Glück. Frauen und Männer mit durstigen Lippen in dünnen Sommerstoffen, viel Haut ohne Berührung, dasselbe Ziel, dieselbe Krankheit seit dem ersten Schrei.

Wie die wohl alle heißen?

Ohne Namen, keine Bedeutung.

»Nur der, der dich beim Namen nennt, gibt dir eine Bedeutung, mein Kind, sag deinen Namen« – Nein, ich sage meinen Namen nicht, ich sage meine Nummern, ich habe viele Nummern: Ausweisnummern, Telefonnummern, Geheimnummern, Versicherungsnummern, Hausnummern und Steuernummern, das reicht, meinen Namen sage ich nicht – nicht mehr!

Ob sie erwartet werden?

»Nur wer geliebt wird, wird erwartet. Also, wer erwartet dich, Rosa?« Die Frage blähte sich wie ein alter Kaugummi ohne Geschmack.

Ich weiß nicht, wie lange ich da so herumgestanden habe, ohne Ausdruck, wie ertrunken, als sich das Bild vor meinen Augen plötzlich änderte. Die Fische verschwanden, das Kranke verschwand, und vor mir stand eine Frau wie aus einem Werbefilm der ersten Klasse, liebevoll lächelnd und luxuriös. Sie lächelte wie eine Freundin, ohne Fremdheit, als wüßte sie, was ich gerade gedacht hatte. Reflexartig zuckte ich zurück und entschuldigte mich, dann spürte ich ihre Hand auf meiner Stirn, gut wie ein Kuß. Ich war irritiert, ich kannte sie nicht und hatte auch noch nie zuvor jemanden gesehen wie sie, so unangestrengt und andächtig zugleich. Die

Situation hatte eine Magie, die schwindelig machte. Ich hing am Haken.

Ich kenne diesen Zustand nur, wenn ich Worte wie »Liebe«, »Gott« und »Glück« höre. Worte, deren Sinn ich nicht wirklich begreife, die schwindelig machen und die ich annehme wie eine Gläubige, ohne sie zu hinterfragen.

Da stand sie wie ein Horizont mit lichtblonden, langen Haaren, in einem bodenlangen, safrangelben Seidenchiffon.

Sie schien größer als ich zu sein und auch älter. Aber nicht älter im Sinne von mehr Falten, sondern weise, wie ein Wunsch – unvergänglich und schon immer dagewesen –, der vorübergeht und immer wieder zurückkommt.

Es erinnerte mich an Auftritte vergangener Hollywooddiven, die derart überlichtet waren, daß die Person selbst eigentlich unwichtig wurde. Wichtig war nur die Illusion einer Lichtgestalt, die Schutz und Sünde zugleich sein sollte.

Mir rutschte der Autoschlüssel aus der verschwitzten Hand, der Affe klebte in der anderen. Ich hockte mich kuhschwer, wie gerade aufgewacht, tastete nach den Schlüsseln. Als ich wieder hochkam, war der Horizont verschwunden.

Ich stand da, unberührt wie vorher, gleichzeitig ganz sicher, daß ich diese Frau wirklich gesehen hatte. Ich weiß es genau. Es war keiner dieser Tagträume, auf die ich manchmal stur wie ein Angler warte, bis ich einen passenden erwische. Nein, ihr Lächeln war echt, echt wie das Licht, das wir sehn, obwohl die ursprüngliche Quelle schon längst erloschen ist. Es ist nur eine Frage der Zeit. Ich bin mir sicher, sie gesehen zu haben, wann auch immer, vielleicht hatte ich es nur in jenem Augenblick erst begriffen.

Noch immer träge und taub wie im Treibhaus eingeschlossen, suchte ich um mich herum, aber sie blieb verschwunden und ich an derselben Stelle wie vorher, mit dem Blick festgeklebt an einem großen, sportlichen Mann mit streichholzkurzen, graumelierten Haaren, in Turnschuhen, blauer Jogginghose und weißem T-Shirt, der sehr ernst auf die Stewardeß am Informationsschalter einredete – der »Kriminelle«. Er paßte nicht zu diesem Ort, er hatte nicht den gespannten, durchsichtigen Blick eines Abreisenden, der nur sein Ziel im Sinn hat, und auch nicht den eines Angekommenen, der stumpf in der Passivität versinkt. Und wenn er ein Wartender war, warum war er so unzufrieden? Vielleicht hatte er sich verflogen, dachte ich. Dann fiel mir ein Zitat ein, das mich vor Jahren von einem Plakat herunter wie eine Hand berührte und festhielt. Ich blieb mitten auf der Straße stehen, starrte auf das Poster mit dem verliebten Paar, so lange, bis ich den Text daneben auswendig gelernt hatte: »We rose up slowly, as if we didn't belong to the outside world any longer, like swimmers in a shadow dream, who didn't need to breath.«

Allmählich flatterte der geschäftige Lärm wieder zurück in meinen Kopf. Und ich hatte Durst, aber nicht auf einen Kaffee und nicht hier. Heute wurde ich erwartet. Theo hatte eine Kutschfahrt vorbereitet.

Theo ist mein ältester Freund, und wir kennen uns seit dem Studium. Er war der einzige Mann in unserem Jahrgang. »Wie kann sich ein Multikulti-Grieche, der am liebsten nur philosophiert und komponiert, trommelt und restauriert, denn sonst qualifizieren«, sagt er. Rhythmik sei das ideale Studium für alle Halbwissenden und Multi-Interessierten, die zwar in der Armenküche die Suppe verteilen können, sie aber nicht selbst essen müssen, deren Kompositionen wenigstens die Philologen interessieren, leider nie einen Philharmoniker. Er liebt das Landleben, »aber nur wegen der flachen Architektur«, sagt er, »da bleibt das Denken in Bodennähe«. Er war fünf Jahre alt, als er mit seinen Eltern nach Duisburg kam. Seine sehr viel ältere Schwester blieb bei den Großeltern in Zaharo, auf dem Peloponnes. Als ich mich entschlossen hatte, im Heim zu arbeiten, ging Theo mit seinen Eltern zurück nach Griechenland, aber nur für ein Jahr, um sich »neu zu positionieren«, sagte er. »Aber da war nix mit neu, ich wurde gleich auf die alte Position geschoben, als ein Teil der ›Sippe‹.« Und plötzlich war ich der Enkel, der Neffe, der Cousin, der Bruder, und nicht mehr Theo, der Musiker, der Trödler, der Künstler. Meine deutsche Sozialisation war ausradiert. Auch wenn ich den ganzen Haufen immer mehr vermisse, je älter ich werde, ein Zurück in die Kindheit gibt es nicht.« Trotzdem hat er dann bald darauf eine Griechin aus der Gegend geheiratet. Aber seit ihn seine Frau mit der kleinen Tochter verlassen hat, ist er nicht mehr in Griechenland gewesen. Vor drei Jahren war er das letzte Mal dort. Seine Eltern, Schwiegereltern, seine Frau und seine Tochter, die Sippe, wohnt dort mittlerweile Tür an Tür und macht ihn allein für die Trennung verantwortlich: Er hätte Helena ja unbedingt heiraten wollen, obwohl sie nur aus einfachem Hause ist und Deutschland nicht kannte. Er hätte sich mehr um sie kümmern müssen, statt dauernd unterwegs zu sein. Er hätte aus einem Goldkehlchen einen Wurm gemacht.

Aber Theo sieht das ganz anders. Er sagt, *er* wäre ausgenutzt worden: »Nee, nee, so war das nicht, die Helena wollte unbedingt nach Deutschland. Bis zu ihrer Schwangerschaft gab et ja auch keine Probleme. Sie war überall mit. Aber mit dem Baby mußte sie zu Hause bleiben, und dat paßte ihr nich. Aber Kindererziehung ist doch nun mal Frauensache! Kein männliches Tier auf der Welt zieht seine Jungen groß! Dat hat doch nix mit Gleischberechtigung zu tun, dat is nun mal ihr Job!«

Anfangs habe ich ihm noch postnatale Demenz vorgeworfen, die anscheinend jeden Mann ereilt, der heiratet und ein Kind bekommt. Und dann stritten wir uns stundenlang. Jetzt breche ich diese Gespräche gleich ab, und das ist besser so. Wir reden selten über unsere Unterschiede, von denen es auch gar nicht so viele gibt, aber die, die es gibt, sind unüberbrückbar.

Er sagt, wäre ich er, würde ich es nicht anders sehn. Natürlich suche er seinen Vorteil, und »Kompromisse sind kein Mittelweg, sondern Mittelmaß, und Mittelmaß ist eklig, entweder sisch korrekt unterwerfen oder sisch lecker bedienen lassen, dat is Leidenschaft, Liebschen! Der Pudding dazwischen ist ne glatte Lüge!«

Man kann Theo nur aushalten, wenn man ihn begehrt und liebt oder wenn man ihm sehr ähnlich ist. Und wir beide sind uns sehr ähnlich. Aber es gibt Liebe auch zwischen uns, das heißt, jeder liebt im anderen das, was ihm ähnlich ist. Theo glaubt, daß unsere Art Liebe die einzig »zukunftsfähige« sei. Er sagt: »Weil keiner die Frage nach Dichtung und Wahrheit stellt. Im Gegenteil: jeder erdichtet sich im Spiegel des anderen, und das macht uns beiden Spaß. Wir sind Spieglinge. Und was wir nicht umdichten können, ist eben Kismet, die traurige Wahrheit. Wir versuchen sie aber nicht zu ändern.«

Eine andere Beziehung ist uns nie in den Sinn gekommen, das wäre wie Inzest.

Vielleicht braucht man ja tatsächlich einen »Spiegling«, um sich selbst besser ertragen zu können. Wenn man die Ähnlichkeiten erst einmal erkennt, ist das Unbekannte nicht mehr so bedrohlich, und der Kampf zwischen Dichtung und Wahrheit wäre ein Maskenball – der Schein, ein spielerischer Ernst, das Sein, ein ernsthaftes Spiel.

Seltsam ist nur, daß Theo wie ich die »andere« Liebe bis heute im diametralen Gegensatz suchen.

Theo nennt das den karitativen Maso-Kult: »Der eine spendet endlos, obwohl er selbst schwerstbedürftig ist, der andere nimmt pausenlos, weil er völlig unfähig ist zu geben. Das ist der Maso-Kult des modernen Menschen mit dem extra Kick. Du liebst es, daß du liebst, um zu beweisen, daß du lieben kannst – verstehste? –, um endlich dich selbst lieben zu können. Wir Menschen sind nicht dazu geschaffen, jemand anderen als uns selbst zu lieben. Das hat was mit 'ner genetischen Leere zu tun. Uns fehlt schlichtweg das dafür zuständige Organ.«

Das hieße ja, die Schöpfung ist ein Trick, und Liebe gibts nur in einer himmlischen Kategorie? dachte ich.

Dort tummeln sich also diese fünf Buchstaben auf einer wonniglichen Wolke und machen sich lustig über unsere schäbigen Operetten, darüber, wie fettbäuchige Zigeunerbarone nach schwindsüchtigen Butterflys gieren und das leidgeplagte Katzenensemble auf der Pirsch nach dem Phantom durch die Kanalisation schleicht, ohne Aussicht darauf, jemals das zu finden, was sie brauchen. Womöglich lachen die uns sogar aus. Sie wissen ja, daß uns etwas fehlt. Aber warum suchen wir dann überhaupt?

»Dat is der himmlische Zynismus«, sagt Theo, »die Götter wollen keine Konkurrenz, denn solange wir auf der Suche sind, haben sie eine Existenzbereschtigung.«

Theo hatte mich überredet, während der drei Wochen, die Anna diesmal bei ihrem Vater bleiben wollte, zu ihm aufs Dorf zu ziehen.

»Isch han dir ein Biedermeierbett reinjeställt und den Spiegelschrank und die silbernen Meßleuschten. Romantik pur sage isch dir! Willkommen und Jassu!« Er spricht einen Cocktail aus mehreren Sprachen und Dialekten, wie viele Einwanderer, die hier so lange leben wie er.

Er hatte den Vierkant-Hof umdekoriert in eine asiatische Disneyworld, mit Plastikpalmen, Elefanten in allen Größen aus Styropor, Lampions und Buddhas. Es sollte eine kleine Hommage sein an uns selbst, denn seit einem Jahr versuchen wir beide sehr angestrengt, das japanische Trommeln zu lernen, das Taiko Do, was eigentlich die Weiterführung eines Kampfsportes ist, nur eben mit Trommeln.

Wir tranken Champagner und fuhren mit der vom Bauern ausgeliehenen Pferdekutsche zum italienischen Eiscafé. Über uns schwebten mindestens zwei Dutzend Fesselballons in allen Farben des Tuschkastens, wie bemalte Ostereier, mal strohgelb, als Werbung für den Baumarkt, mal dunkelblau mit goldgelben Sternen, wie die Europafahne, mal mit ocker-weißen Tupfen von der Supermarktkette. Das hochsommerliche

Vorgebirge lag ihnen zu Füßen wie ein kleines, grünes Pelztier. Es war ein Sommertag voller Glanz, als hätte Renoir selbst die Reflexe hineingepinselt, jede Farbe bekam Flügel. Und jede Minute tickte 60 Sekunden lang.

Ich erzählte Theo, daß ich im Flughafen einen Mann gesehen hatte, der mir seltsam vertraut erschienen war, ohne ihm je zuvor begegnet zu sein. Er lachte mich aus und sagte: »Dat sind janz eindeutisch Entzugserscheinungen, Liebelein, isch han dat auch so ab und zu, dann träume isch von lecker Engelein, die sisch auf mein Bett setzen und janz schlimme Sachen mit dem kleinen Theo machen.«

»Ich habe ihn aber wirklich gesehen, er stand am Infostand, als wäre er dorthin gebeamt worden.« Ich sagte das so, als hätte ich etwas Großartiges erlebt, während ich gleichzeitig merkte, daß ich gerade ziemlich klein und lächerlich war.

Da sagte Theo: »Hey Rosa, das ist ein Moment zum Sterben, da ist alles drin!«

Das tat gut. »Ja«, antwortete ich, »aber ich will nicht sterben.«

»Nur kurz auf die Milchstraße und wieder zurück«, sagte er, »mit kleinem Gepäck. Wenn du nur fünf Worte mitnehmen dürftest, welche wären das?«

Das ist so eine Art Improvisationstechnik, mit der wir seit unserer Studienzeit arbeiten. Wenn wir keinen passenden Ausdruck finden, fragen wir nach Stichworten, wir suchen nach Rhythmen, wenn die Bewegung unklar ist, oder wir fragen auch nach einem Instrument, wenn wir einen bestimmten Klang brauchen, Kopf-Tarock nennen wir das.

»Fünf Worte, um diesen Augenblick mitzunehmen? ›Leben‹«, sagte ich, »›Leben‹, das muß mit, dann ein ›Ich‹ und ein ›Du‹, und ›ankommen‹ finde ich schön und ›Licht‹, ja genau, ›Licht‹, ich brauche ganz viel Licht. Kann ich ›Licht‹ auch zweimal nennen?«

Er überlegte und trommelte mit dem Eislöffel auf den Kutschensitz:

»Natürlich kannst du ...
zwei mal zwei
macht viermal Licht
und das Grauen ist weggeblitzt!«

Da bäumte sich plötzlich Greta Garbo, ein riesiger Kaltblüter, wie ein Berg auf, als stünde der Leibhaftige vor ihr, schob alles, was an ihr hing – die Kutsche, die wunderschöne Dekoration, uns, unser italienisches Eis mit Sahne, den selbstgebastelten Getränketisch mit den Champagnergläsern, dem Champagnerkühler samt Champagner –, derart heftig rückwärts, daß alles einstürzte wie ein Puppenhaus. Noch im Aufstehen hatte Theo die Zügel wieder in der Hand und brachte das Tier noch gerade rechtzeitig, bevor das Hinterrad im Graben absank, zum Stehn.

Dann war es still. Und staubig. Ich hörte, wie sich die Kohlensäure aus der prickelnden Pfütze vor meinen Füßen davonmachte, spürte, wie das kalte Eis auf dem weichen Sahnebett langsam in mein Dekolleté rutschte.

Theo sagte mit einem Anflug von Heiserkeit: »Scheiße, ob der tot ist?«

Jetzt sah auch ich, warum Greta Garbo derart hochgeschreckt war: ein weißer Porsche stand quer auf dem Feldweg direkt vor Theos Hofeinfahrt.

»Schon wieder so'n Teil«, hörte ich mich sagen, »gibts die denn heute im Schlußverkauf?« Der Staub verdüsterte vom Kutschbock aus die Optik. Und wir beide standen da oben wie Sherlock Holmes und Watson im Londoner Nebel:

»Ob der tot ist?« wiederholte Theo mit belegter Stimme.

»Ach Quatsch, wieso überhaupt ›der‹?« flüsterte ich ungerührt.

»Weil auf so etwas Großes nur Männer mit kleinen Schwänzen stehn.«

»Vielleicht wartet er nur.«

»Und warum tut sich da nichts, Madame Holmes?«

»Vielleicht hat er eine Allergie gegen Pferde, Watson, oder gegen frische Luft«, brummte ich, die Eiswaffel kauend.

Es blieb einige Augenblicke still, bis der Staub sich gelegt hatte.

Da summte das verspiegelte Seitenfenster an der Fahrerseite bis etwa zur Mitte herunter, ein halber Männerkopf mit Sonnenbrille zeigte sich durch einen dunklen Spalt, aber nur bis zur Nasenspitze. »Tachchen«, sagte er mit einer angenehm weichen Stimme, und dann noch »es tuu-uuu-ut«, weiter kam er nicht, den Rest der Entschuldigung prustete er in sein Auto. Er war tatsächlich allergisch gegen alles, was hinter dem Grüngürtel einer Stadt beginnt, und hatte deswegen fast eine ganze Stunde im geschlossenen Auto auf Theo gewartet. Er suchte für seinen Sohn als Geburtstagsgeschenk ein altes Schaukelpferd.

Das erzählte er uns in ein paar zerrupften Sätzen, denn die Mischung aus Staub, Pferd, Land und grünem Gras wirkte bei ihm offensichtlich wie ein Dauerniespulver. Theo und ich hatten allergrößte Mühe, einigermaßen ernst zu bleiben.

Mit dunkler Mine hinter dunklen Gläsern reichte er mir schließlich aus dem dunklen Ausguck seine Karte, und Theo versprach ihn anzurufen, sobald er etwas Passendes gefunden hätte. Dann zischte das Fenster zu, und er verschwand in einer Staubwolke auf die Ausfahrtsstraße Richtung Stadtautobahn. Ich blieb zurück wie ein Käfer, der auf den Rücken gefallen ist, als hätte ich die Bodenhaftung verloren.

»Rick Köster«, las Theo von der weißen Visitenkarte mit Goldrand, »eine Düsseldorfer und eine französische Adresse, keine Berufsangabe, na klar.«

»Was ist klar?« fragte ich.

»Na, was wird der schon sein? Dealer oder Zuhälter.«

»Nee, das glaube ich nicht«, sagte ich.

»Wieso nicht? Es gibt ja auch die ehrbare Variante, wie zum Beispiel Immobilienmakler oder Agenten – wer sonst fährt so'n Auto?«

Ich verschwieg Theo, daß er der Mann vom Flughafen war.

Kurz darauf spaltete sich der Tag mit einem Anruf. Es zog mir die Kopfhaut zusammen, als hätte es geschneit, und diese krisenfeste Idylle in einer Zeitgondel erschien mir plötzlich wie ein Verrat an der gehetzten Wirklichkeit: Katja war wieder aus dem Heim ausgerissen, mit Pia. Und wenn wir sie nicht vor der Polizei finden würden, käme sie in die geschlossene Anstalt im Sauerland. Sie war schon zu oft ausgerissen, außerdem war sie hochgefährdet. Die letzten Male war sie immer nur zufällig gefunden worden, mit einer Überdosis von allem, was es auf dem Drogenmarkt zu kaufen gibt. Und jedesmal, wenn sie wieder bei Bewußtsein war, hatte sie gesagt: »Jetzt geht es wieder von vorne los.«

Ich duschte mich schnell und wollte nur noch weg aus Theos Inszenierung, die ich jetzt geradezu obszön fand, als würde ich in Reizwäsche zur Beerdigung gehen.

Für den, der nicht gefunden werden will, ist es einfach, er weiß, wie es um ihn steht. Aber für den, der suchen muß und nicht weiß, ob und was er finden wird, ist die Suche ein Fluch. Katja war mir voraus, ich kannte zwar ihre Wege, wußte aber nicht, welchen sie diesmal gegangen war und ob sie uns überhaupt noch eine Chance lassen würde, sie zu finden.

Bis vor zwei Jahren hatte Katja bei ihrer Mutter gewohnt, einer ehemaligen Prostituierten aus Hannover. Dann verliebte sich die Mutter und beschloß, ihre Tochter zum leiblichen Vater abzuschieben. Der aber hatte Katja noch nie gewollt.

Über ein Jahr lebte sie als Straßenkind zwischen dem Kölner Bahnhof, diversen Stundenhotels und den Tiefgaragen der Innenstadt, zehn Minuten von den Wohnungen ihrer Eltern entfernt. Immer wieder stand sie vergebens vor der Haustür, die Mutter öffnete nicht. Katja schrieb Briefe, rief täglich an, doch die blieb stur. Auf die Anfrage der Schulleitung antwortete sie knapp, Katja sei nach Hameln zu ihren Großeltern gezogen und wäre dort eingeschult worden. Sie wollte ihr Kind nicht mehr.

Kein Gesetz bestrafte diese Frau oder den Vater. Im Gegenteil, deren Skrupellosigkeit wurde per Urteil noch belohnt: Katja wurde in ein Heim gesteckt, als wäre sie die Schuldige. »Es gibt keine Gerechtigkeit für Kinder«, sagte Katja einmal. »Heimkinder wissen das: Dich liebt keiner, dich will keiner, du wirst verprügelt, beschissen und verbannt.«

Verbannt, sagte sie, nicht abgeschoben oder weggejagt, verbannt. Ein alter Ausdruck für den Entzug der Zugehörigkeit zu einer schützenden Gruppe. Diese verbannten Kinder leben außerhalb der Gegenwart, blicklos. Da ist eine Abwesenheit in ihrem Ausdruck, eine Starre, als würden sie etwas ausbrüten. Ihnen fehlt das Geschmeidige der behüteten Kinder.

Es war nicht schwer, Katja zu finden, wenn sie nur »abhängen« wollte. Da gibt es zwei, drei Szene-Kneipen, wo sich die meisten unserer Jugendlichen aus dem Heim treffen. Aber da war sie nicht. Danach suchte ich sie an all »ihren« Plätzen – am Bahnhof, am Rheinufer oder in der Disco, aber überall verpaßte ich sie knapp um eine halbe Stunde.

Pia war mittlerweile wieder zurück im Heim und hatte erzählt, daß Platter, ein stadtbekannter Dealer und Zuhälter, Katja »eine Menge Zeug« gegeben hatte.

Es war schon kurz vor zehn Uhr abends. Ich fuhr in das stadtbekannte Boxcenter, einem alten Fabrikgebäude auf der anderen Rheinseite, wo sich alles versammelt, was in Köln boxt und trainiert, von Profisportlern bis zur Profiunterwelt und eben auch dieser Platter. Dort parkte ich vor der Auffahrt und ging die letzten Schritte zu Fuß, achtete dabei genau auf die kiesfreien Stellen auf dem Weg, um die diversen Pitbullterrier in den parkenden Autos nicht zu wekken. Durch die Milchglasfenster schien das harte Neonlicht weich wie durch Papyrus, schwebte wie Nebelwolken vor der brüchigen Steinfassade.

Der Vorplatz war überfüllt mit allen möglichen Karossen der Luxusklasse in den schrillsten Farben und auf Hochglanz poliert. Trotz der Dunkelheit blinkten sie wie Teelichter in mohnrot, kobaltblau, türkisgrün, schwanenweiß ... stop! Das Schwanenweiß hielt mich fest, ein schwanenweißer Porsche: »Schon wieder«, stocherte es in mir kopfabwärts, als liefe jemand mit Spikes durch meinen Körper: »Das grenzt an Folter, da macht einer Woodoo mit mir, das ist doch Absicht!« Ich versank im knirschenden Kies. Hatte es jemand gehört? Stille. So leise, wie es nur machbar war, suchte ich die nächsten Grasflecken an der Mauer, drückte mich auf dem schmalen Weg weiter bis zum Fenster. Dort endlich stand Platters plakatgelber Mercedes direkt im Fensterlicht. Er war also hier.

Durch das dunkle Autoglas versuchte ich irgend etwas von Katja zu entdecken, als ein schweinfarbener Mastino tobend von innen an die Scheibe sprang. Mir brannte die Brust, als hätte ich zu heißen Tee getrunken. Ich atmete nicht und ich dachte nichts, ich zuckte nur zurück an die Hauswand, starrte auf das verspiegelte Monstergelb, hörte im Inneren das rasende Ungeheuer, das unmißverständlich drohte, mich zu zerfleischen.

Ich klebte an der Mauer wie Aufstrich und hätte mich am liebsten in der Steinwand aufgelöst. Alles danach geschah in Sekundenschnelle:

Die Fensterflügel wurden aufgeknallt, das Milchglas schepperte in den Metallrahmen, ein langer Arm eines langen Mannes in schwarzem Leder packte mich an der Jacke und zog mich blitzschnell kopfüber in das grelle Neon. Es war Platter: »Oh nee, schon wieder diese Klette!« hörte ich ihn sagen, und dann hing ich auch schon fest, wie zur Hälfte verschluckt. Platter zog mich an den Schultern in die Halle, die Beine hingen im Dunkeln in der Luft. Die scharfe Fensterkante schnitt mir in den Magen, ich versuchte, mich gleichzeitig abzustützen und loszureißen, brüllte ihn an, wo Katja wäre, was er mit ihr gemacht hätte. Er lachte nur: »Oder biste etwa scharf auf mich?« Ich hatte ihn schon häufig in der Nähe von minderjährigen Mädchen am Neumarkt und am Bahnhof beobachtet, aber nie gesehen, daß und welche Drogen er ihnen verkauft hatte. Aber Katja ging immer zuerst zu ihm, das wußte ich.

Ich hing wie von meinen Beinen abgetrennt, mir brannte die Haut, aber ich ruderte mich irgendwie aus seinem Griff, stieß ihn mit dem Kopf und biß in alles, was ich von ihm erwischte. »Wenn ihr etwas passiert, kriegst du lebenslänglich, das schwöre ich dir!« schrie ich und schlug blind mit den Fäusten auf ihn ein.

»Na warte, du Schlampe«, stöhnte er und versuchte, mich in den Raum zu ziehen, zog mir aber dabei nur die Jacke aus. So rutschte ich zurück auf meine Füße und fühlte mich endlich wieder ganz.

Jetzt sah ich den großen, grell erleuchteten Raum voll hüpfender, schlagender und schwitzender Männer. Irgendwie lächerlich, mit welch bullenhaftem Ernst sie Stärke produzierten, ob sie nun in Luftnester eindroschen, in Sandsäcke oder in ein lebendiges Gegenüber.

Keine Spur von Katja. Überdies wäre es wohl ziemlich schwierig gewesen, ein junges Mädchen hierher zu verschleppen, ohne aufzufallen. Gerade wollte Platter wieder nach mir greifen, als sich ein Mann zwischen uns stellte. »Laß die Frau los«, sagte er, und der lange Platter mit den langen Armen reagierte wie ein kleines Spielzeug, dem der Strom abgestellt wird. Er stand ruckartig still.

»Alles o. k.?« fragte der Mann mit einer angenehm weichen Stimme, die ich kannte. Schon wieder, dachte ich und war wie betäubt. We rose up slowly, like swimmers in a shadow dream!, zog es leise durch meinen Kopf.

»Es geht«, sagte ich und wollte gerade gehn, als er in derselben Sekunde aus dem Fenster sprang. Er stellte sich ganz dicht zu mir: »Finde ich Sie im Telefonbuch?«

Er roch gut! Er roch sehr gut, und er war ohne Bedrohung. Aber ein Reflex zog mich weg – ein Reflex auf Abstand, den ich ganz bewußt trainiert hatte. Doch mein Blick wollte bleiben, klebte an dem großen, sportlichen Mann mit den streichholzkurzen, graumelierten Haaren. Wieder tippelte ein Fetzen Zitat vorbei: as if we didn't belong to the outside world any longer. Und während ich noch zwischen all den Worten nach einem Sinn suchte, sagte ich trotzdem »Nein«.

»Kriege ich eine Möglichkeit, Sie zu finden?«

»Nein«, wiederholte ich aus alter Gewohnheit.

»Du trägst ja keinen Schmuck?« sagte er.

»Nein.«

»Perlen müßten dir gut stehen«, hörte ich.

»Nein.«

»So mittelgroße mit rosa Schimmer.«

Wieder sagte ich »Nein«, als gäbe es keine anderen Wörter, und: »Ich mag keine Perlen.« Ausgerechnet! Als wären alle anderen Sätze weggeflogen, alle anderen Ideen, samt meiner Geschichte, als wäre ich abgebrannt. Das war eine andere Rosa, die da so einsilbig stand und nach neuen Worten suchte, befangen, als hätte man sie beim Lügen erwischt.

»Brauchst du Hilfe, alter Kumpel?« hackte plötzlich Platters Stimme in die Nacht, versperrte alles, was hätte möglich sein können. Und meine Geschichte fand den Weg zurück in die Gegenwart, und mit ihr kam der coole check up: Was soll das hier? Perlen von einem boxenden Primaten! Was weiß denn dieser alternde Rambo schon von Schmuck?

So! Da war sie wieder, die alte Rosa, konsequent und kontrolliert. Das war ihr Treibstoff, der sie noch immer rechtzeitig aus jeder Befangenheit hinauskatapultiert hatte. Und der hier hielt sie nicht fest oder stellte sich ihr in den Weg, wie der dem er irgendwie ähnelte. Dante hieß der, und der junge Dante und die junge Rosa hatten das Glück gesucht, und sich im Wahnsinn verlaufen, ohne Aussicht auf Heilung. Alles deutete auf Mord damals, und irgendwann hätte es einer von beiden sicher auch getan – den anderen aufgeschlitzt, daß er ein bißchen stirbt. Nur ein bißchen, zur Strafe. Sie hatten sich wie Tiere belauert, die hungrig sind auf das Fleisch des anderen. Halt! Reiß dich zusammen, Rosa! Ja, die Füße hatten recht, hau ab, so schnell und so weit wie möglich.

Ich mußte auf die linke Rheinseite zurück, zum Neumarkt, der gehörte mit zu Katjas Stammplätzen.

Kaum zu glauben, wie sich dieser graue, nüchterne S- und U-Bahn-Knotenpunkt, sonst eine hektische Verkehrsinsel, verwandelt hatte. An diesem Wochenende hatte ein Erlebniszirkus mit angeschlossenem Varieté für ein Gastspiel aufgebaut. Das Spätprogramm war schon zu Ende, die Leute aber blieben, sie saßen auf Bänken, andere flanierten, und wieder andere sahen den nimmermüden Straßenkünstlern zu.

So stellte ich mir ein Traumschiff vor, zu gleichen Teilen Arche Noah, Revue der Sinne und ein Puzzle der Möglichkeiten, und das Ganze nicht irgendwo im Pazifik, sondern in so einer Sommernacht, direkt vor meiner Haustür.

Ich suchte bei der Tierschau, bei den Feuerschluckern und den Wohnwagen hinter dem Zelt, fragte die Eisverkäufer, lief zu denen, die sich in der unteren U-Bahn-Ebene herumtrieben, ich beschrieb Katja dem Akrobaten, der gerade mit Publikum improvisierte, aber niemand hatte sie gesehen. Und mittlerweile war es fast Mitternacht.

Ich war müde und hatte das Gefühl, die Stadt schon leergesucht zu haben, aber die Bedrohung hielt mich fest wie eine wirklich gewordene Hand. »Nur eine kurze Pause«, sagte ich mir, suchte etwas zu trinken.

Ich dachte an Anna und wünschte, sie könnte dieses Mosaik aus Nacht und Lichterallerlei sehen. Sie würde sich hemmungslos begeistern, wie es nur Kinder können, sie würde alles berühren, alles essen, alles haben und alles ausprobieren wollen und natürlich alles auf einmal.

Ich fühlte mich ziemlich klein in diesem Spektakel der lauten Leidenschaften, bedeutungslos. Ich atmete tief durch, als wollte ich groß und sichtbar werden: die Luft schmeckte wie ein Eintopf aus Frittenfett und Zucker, verschüttetem Bier, verbrannten Fliegen und aufgefrischtem Parfum, mit einer Prise Pferde- und Elefantenmist, saurem Schweißgeruch und einem Schuß Spiritus von den Feuerschluckern und dem Gummi der Zeltplane.

Und überall Menschen, und jeder blickte auf einen anderen, als wären sie ineinander verhakt, um sich nicht zu verlieren. Sie stierten auf die perfekten Illusionen, darauf wartend, daß sie wahr würden. Zwischen der Gier nach Sensation und sympathischer Naivität war der Wunsch gespannt, die feuerspeiende Artistin möge doch bitte direkt aus dem Rückwärtssalto abheben und sie wie ein Schwan auf dem Rücken mitnehmen.

Das ungläubige Warten gläubiger Wartender, dachte ich.

Ich versuchte, mich durch ihre Lücken zu drükken, ohne sie zu berühren. Sie waren so eng unter sich, daß sie mich gar nicht bemerkten. »Wow, die ist ja sensationell!« »Die Chinesin letztens im Fernsehn war besser.« »Nee, nee, laß ma, die is schon nich schlecht«, hörte ich sie reden.

Das Verhältnis zwischen Künstler und Zuschauer ist wohl eine der letzten feudalen Bastionen ohne Widerspruch, ein Absolutismus ohne Aufbegehren, mit wechselnder Machtverteilung, als gäbe es eine unsichtbare Vereinbarung. Beide wollen das Äußerste vom Gegenüber. Wie groß aber ihre Bereitschaft dazu ist, lotet sich jedesmal während einer Darbietung neu aus.

Als die Artistin ihre Nummer steigerte und schließlich mit sieben Fackeln jonglierte, war klar, wer die Königin ist, und die Begeisterung flog wie Konfetti über sie. Die junge, zierliche Frau verbeugte sich atemlos, verschwitzt, verschmiert und dankbar, als stünde sie auf dem Olymp. Diese kollektive Heiterkeit hatte etwas beneidenswert Konspiratives, nur für sich selbst Bestimmtes.

Ich bekam Sehnsucht nach diesen Menschengruppen, danach, eine von denen zu sein, die sich aushielten, behaupteten, ihre Eigenheiten nicht versteckten, sich besinnungslos amüsierten und sich einig waren in ihrer Sicherheit, das richtige Leben zu leben. Und wie genüßlich sie die Zeit verschwendeten, als wären sie unsterblich!

Seit ich denken kann, leide ich unter Zeitnot, unter dem rasenden Druck, daß ich nicht *genug Zeit* haben könnte, genug Zeit, komplett zu werden und ruhig, und daß ich sterben muß, ohne lange genug jung gewesen zu sein. Jung im Sinne von jetzt, neu, wissen, erfahren, leben mit unendlich vielen Übermorgen und mit Liebe, die bleibt.

Schon als Zwölfjährige kritzelte ich in die Unterseite meines Bettrahmens, der mir damals, neben meinem Kopf, als der geheimste Geheimplatz in einer überwachten Kinderwelt erschien, den Satz: Ich will so lange leben, bis ich wieder von vorne anfangen kann.

Ich lag oft unter dem Bett und schrieb mit einem Kugelschreiber meine wichtigsten Vorsätze in das weiche Holz.

Der Ballonverkäufer sagte: »Jawoll, ein Herz für die Dame – 10 DM das Stück, der Herr.« Er kassierte und drehte sich zum Nächsten. Die junge Frau band sich den schwebenden roten Ballon um das Handgelenk und küßte ihren Freund, eng umschlungen gingen sie weiter.

Ich sah mich um, alles blieb so, als hätte ich nichts gedacht, als gäbe es mich nicht.

Trotz der heißen Luft, die wie Badeschaum auf der Haut klebte, fror ich am Rücken, um die Schultern. Ich kenne dieses Rückenfrieren, und vor nichts habe ich mehr Angst als vor diesem Frieren. Es ist ein Frieren ohne Gänsehaut. »Das ist wie ein Zwang«, sagt meine Mutter, »ich friere ja sonst nirgends, nur am Rücken.« Um sich warm genug zu fühlen, braucht sie zusätzlich zu der Wollunterwäsche und Wollbluse noch eine Strickjacke und Strickweste. »Oft reicht nicht mal das«, sagt sie. Sie war deswegen zum Arzt gegangen. Eine »Störung des seelischen Immunsystems« stellte der fest und verschrieb ihr eine Großpackung Johanniskrautkapseln. Aber sie friert trotzdem, seit dreißig Jahren. Es sei die Schuld meines Vaters, sagt sie, er hätte aufgehört, sie zu lieben. »Aber irgend jemanden muß er doch lieben, jeder Mensch muß einen anderen lieben, wenn er nicht verrekken will«, sagte sie einmal ganz leise und sehr verzweifelt und streichelte unaufhörlich seine kalkweiße, kalte Hand am Krankenbett. Das war vor fünfzehn Jahren, und mein Vater lag ohnmächtig im Sauerstoffzelt. Er war urplötzlich mit entsetzlichen Schmerzen zwischen Brust und Bauch zusammengebrochen. Die Diagnose war ein leichter Herzinfarkt und ein pflaumengroßer Tumor am Mageneingang. Die Ärzte beschlossen, ihn sofort zu operieren, und entfernten zwei Drittel seines Magens.

Bis heute würde es meine Mutter nur zu gern wissen, wem er seine Liebe weitergegeben hat, aber sie würde ihn nie danach fragen. Auch hätte sie ihn nicht verlassen wollen, schon allein meinetwegen. Eine alleinerziehende Mutter wäre damals sowieso gar nicht möglich gewesen. Und mit Gottes Hilfe sei ja schließlich doch noch alles gutgegangen. Ihr Glaube hilft ihr. Sie betet und zieht sich dick an.

Ich brauchte dringend etwas Warmes zu trinken, einen großen Milchkaffee, und ging zu einem kleinen Stand, der so unwirklich aussah wie ein Spiegelbild im Wasser. Die Formen und Farben des kleinen Wagens erinnerten an die fließende Architektur von Gaudi. Eine Mixtur aus Jugendstil und Orient. Und die Frau hinter dem Tresen ähnelte der Frau vom Flughafen bis aufs Haar – dieselben lichtblonden Haare, derselbe safrangelbe Chiffontraum bis zu den Fußspitzen, aber dort hatte ich das nicht wirklich realisiert.

»Einen Milchkaffee, bitte«, sagte ich.

»Trinken Sie Champagner, meine Liebe«, antwortete sie.

»Danke, aber ich brauche etwas Warmes.«

Sie überhörte es einfach und hielt ein volles Glas gegen den blinkenden Himmel: »Sehen Sie, aus Perlen werden Sterne, trinken Sie, meine Liebe.« Dabei lächelte sie wie eine Komplizin, als hätte sie mich vorher beobachtet: »Nehmen Sie schon.«

Ich nahm, und es tat gut. »Auf die Sterne«, sagte ich und trank. Und während ich trank, sah ich das dunkle Funkeln über mir wie eine Wasserdecke, als säße ich unten auf dem Grund. Mir war für einen Augenblick, als wäre ich selbst Wasser, etwas ganz ohne Gedächtnis. Der Champagner war kalt, ich fror wieder ein wenig, aber diesmal mit Gänsehaut. Da hörte ich: »Noch einmal dasselbe, bitte«, und spürte gleichzeitig etwas auf meinen Schultern. Es war meine Jacke, die mir Platter abgerissen hatte. »Es ist kühler geworden«, sagte die Stimme, die ich kannte, und in mir schlug ein Gong, der von der Schädeldecke bis zu den Fußspitzen hallte und mir den Schweiß aus den Poren trieb.

»Also gut«, sagte er, »fangen wir von vorne an. Stimmt, ich fahre gerne schnelle Autos, kann aber lesen und schreiben und habe sogar Abitur. Ist doch schon 'ne Menge für den Anfang?«

»Warum?« fragte ich flau, noch immer unter dem Einfluß des Gongs.

»Was ›warum‹?« fragte er zurück, und danach ging es Schlag auf Schlag wie in einem imaginären Ring, ernst und ohne Mätzchen.

»Warum von vorne anfangen?« sagte ich.

»Na ja, irgendwie muß man doch anfangen!«

»Aber warum gerade du und ich?«

»Ich habe keine Ahnung, vielleicht weil es die Sterne so wollen. Wo ist das Problem?«

»Ich weiß nicht mehr, wie es geht.«

»Wie was geht?« fragte er perplex, und ich war erstaunt, daß mir die Wahrheit so leicht fiel:

»Der Anfang«, sagte ich. »Ich weiß nicht mehr, wie das geht. Seltsam, nicht?«

»Ja, vielleicht.« Das war eine strategische Antwort, offen für beide Möglichkeiten, entweder draufhauen und ein schnelles K. o. oder dableiben und weitermachen.

»Dabei habe ich noch alle Anfänge im Kopf, nur an das Danach kann ich mich nicht mehr erinnern. Seltsam, nicht?« Ja, es war seltsam, verdächtig sogar, wie bereitwillig ich die Jalousien hochzog. »Aber ich habe vergessen, wie es geht. Ich weiß nicht mehr, wie man anfängt.«

»Da gibts sicher noch andere Möglichkeiten.« Er blieb. »Das muß man ja nicht so eng sehen«, sagte er, »dann starten wir eben von der Mitte.« Das war sein zweiter Versuch, aber ich zog die

Reißleine. Ich wollte keine schnelle Einigung für eine Nacht. Ich mochte das stumpfe Aufwachen am nächsten Morgen nicht mehr.

»... und ab der Mitte gibt es nur Streß, da wird beim Essen gefurzt, beim Fernsehn gekotzt, und beim Reden brauchste einen Dolmetscher, weil jeder eine andere Sprache spricht, und das sind nur die statistischen Mittelwerte, da sind die Abgründe in den Betten noch gar nicht drin ...«

»Halt, stop! Warte, darüber redet man frühestens nach der zehnten Runde«, sagte er.

»Das hängt von der Kondition ab«, antwortete ich, »die Mehrheit der Menschen geht schon in der ersten Runde k.o.«

Für einen sehr kurzen Moment verlor sein Gesicht jede Heiterkeit, und er sah so aus, als erinnere er sich an nichts Gutes, aber dann hatte er sich wieder im Griff: »Na schön, dann kennen wir uns eben schon seit immer, und außerdem habe ich 'nen Doktor in Streßbewältigung. Ich glaube, das ist sowieso viel besser als von Anfang an. Prost!«

Die Gläser klingelten noch, als ich ruckartig erstarrte: da blinkte ein Ring an seinem Finger. Schock! Nicht, daß ich irgend etwas Bestimmtes erwartet hatte, trotzdem zuckte der Schreck zwischen Wut und Peinlichkeit hin und her und brannte wie ein Biß im Hals. Scham oder Verlegenheit haben bei mir dieselbe Wirkung wie Gift: Aus Schweiß wird Schnee, der Mund vertrocknet, die Zunge und jeder andere Muskel ist in Sekunden blutleer und willenlos. Ich spürte mein eigenes K. o., 8, 9, aus! »Dann hat der Doktor sicher auch eine Erklärung für das da«, sagte ich tonlos.

»Gewohnheit«, antwortete er ohne zu zögern, »seit 15 Jahren verheiratet, zwei Kinder und ...«

Ich ließ ihn erst gar nicht zu Ende sprechen. Ich kenne dieses »Heile Familie«-Placebo, habe es selbst sieben Jahre lang geschluckt:

»Ein Häuschen auf dem Lande mit Hund und Katze, Klavierlehrer und Kindermädchen, meine Frau ist berufstätig, und wir führen eine offene Beziehung, nicht wahr? Bitte nicht mit mir«, sagte ich. »Damit wären wir auch schon direkt am Ende – siehste, so schnell geht das. Der Anfang ist das Ende, und deswegen vergißt man ihn auch so schnell.«

Ihn schien das nicht zu kümmern. Er wurde konzentrierter, wie ein Sprinter vor dem Startschuß. »Was sollte das jetzt sein, Frau Abgeklärt, ein Schnellkurs im Hellsehn?«

Ich verachtete ihn, weil er den Ring am Finger hatte, weil er so breit und stark wurde und weil mich gerade diese Körperlichkeit faszinierte. »Nein, Herr Doktor oder was immer du auch bist«, sagte ich, »das war eine Einführung in die Evolution, falls du weißt, was das heißt: Kein Tier frißt mehr, als es braucht, nur der Mensch frißt und frißt und frißt und muß nicht mal dabei kotzen!«

Ich verstand nicht, warum er blieb. Ein Feuerschlucker blies eine riesige Flamme, die Umstehenden klatschten.

Die Hände in der Jogginghose, den Blick irgendwo angelehnt, sagte er ganz ruhig: »War nicht schlecht, aber ich habe gar keinen Hunger, was machste jetzt?«

Ich machte gar nichts. Ich stand da wie eine Schnitzfigur.

»Klar, in unserem Alter hat man schon eine Menge Erfahrung auf dem Konto«, sagte er wie eine Lockerungsübung, »auch ne Menge miese, aber wenn du nicht ab und zu was Positives drauftust, biste bald bankrott und ... du hast mich nicht kennengelernt.« Er lächelte.

Eine Schnitzfigur ist eine Schnitzfigur, weil sie steif ist und keinen Humor hat, und so antwortete ich steif und humorlos wie eine Schnitzfigur: »Warum sollte ich das?«

»Hör zu«, strahlte er, »ich komme mir vor wie Superman, als könnte ich fliegen. Ich würde am liebsten deinen Namen in die Bäume schnitzen, wie heißt du eigentlich?«

Und Schnitzfiguren sind Schnitzfiguren, weil sie stumm sind.

Er dagegen entwickelte eine Leichtigkeit, die ich ihm nicht zugetraut hätte: »Keine Ahnung warum. Ist das denn so wichtig? Mir ist so was schon lange nicht mehr passiert.« Dann breitete er die Arme aus: »Darf ich bitten?« Und wir tanzten, als hätten wir nichts anderes vorgehabt. »Alles entscheidet sich im ersten Augenblick«, sagte er, »und im ersten Augenblick bist du nicht abgehauen, im ersten Augenblick bist du stehen geblieben.«

Die Schrammelmusik drehte uns wie Treibholz, eng und verhakt, als wären wir so geboren.

Und meine Geschichte, die ich mir mühsam nach Jahrzehnten, Erfahrungen, Männern, Fehlern, Verletzungen und Abstürzen chronologisch sortiert hatte, schrieb sich gerade neu. »Aber ich will nichts mehr spenden«, sagte ich. »Was?« fragte er. »Nichts«, sagte ich. Und wir drehten uns weiter, wie auf Wasser. Ich weiß nicht, wie lange wir da so waren, ewig oder gar nicht. Wir waren. Glück ist eine Uhr ohne Zeiger. Und es war richtig, wie es war.

Irgendwann später hörte ich dann eine Sirene immer näher kommen, sah, wie ein Polizeiwagen mit Blaulicht an der Insel vorbeifuhr. »Katja!«

Ich hatte Katja vergessen. »O Gott, ich muß Katja finden«, schrie ich panisch, »entschuldige, ich muß weg!«

Aber er hielt mich fest, stur und ungerührt. »Warum?« fragte er, »Wohin?«

Ich erzählte ihm in stenografischer Kürze von Katja, vom Heim, von Platter und seinem Boß KB, einer Kölner Kiezgröße, dem das »Prikkel-Pitt« gehört, wo die Drogenkontakte zusammenlaufen und wo ich Katja vermutete.

Ich weiß nicht mehr, ob die Musik aufgehört hatte oder ob ich an nichts anderes mehr denken konnte, alles um mich platzte wie eine Seifenblase. Ich wollte nur weg von dort, weg aus der Umarmung eines Mannes, der plötzlich sehr ernst geworden war.

»Na gut«, sagte er kurz, »aber ab der Mitte trennt man sich nicht mehr«, und folgte mir in seinem Auto nach.

Wir fuhren ins »Prikkel-Pitt«, und tatsächlich stand Platters gelber Mercedes vor der Tür. Wir keilten ihn ein, ich versperrte ihm die Ausfahrt, und der weiße Porsche parkte dicht an der hinteren Stoßstange. Das schweinsfarbene Hundemonster sprang wieder wie wild geworden bellend derart heftig vom Rücksitz nach vorn und wieder zurück, daß das große, schwere Auto hin-

und herwackelte wie ein Boot im Wasser. Chili, die italienische Türsteherin, Meisterin in allen möglichen Kampfsportarten, und die größte Frau, die ich je gesehen habe, schlug nur einmal kräftig mit der flachen Hand gegen das Seitenfenster und brüllte: »Aus!«, und das Tier setzte sich still auf seinen Platz.

»Paß auf amore«, sagte sie, »die sind alle drin, da ist dicke Luft.«

Ich fragte, ob sie Katja gesehen hat.

»Liegt bei Wassy«, flüsterte sie aus dem Mundwinkel, »geh hinten rein«, gleichzeitig baute sie sich schon zur Begrüßung für meinen Begleiter auf.

»Ah Rick, que bello! Immer eine Freude, hat Ford wieder ein neues Auto gemacht?« hörte ich sie noch laut und deutlich, als ich um die Ecke bog.

Ich war kurz erstaunt, daß Chili ihn kannte, dachte aber in diesem Moment nur an Katja.

Der Seiteneingang war abgeschlossen, ich klopfte vorsichtig, rief Wassy, doch es tat sich nichts. Ich ging zurück zu Chili.

»Dann geh durch die Tapetentür«, sagte sie, öffnete dabei die Lokaltür, stellte sich so vor mich hin, daß ich von innen nicht gesehen werden konnte, und stieß auf der linken Seite eine dünne Wand in einen dunklen Flur auf. »Avanti«, sagte sie. Ich verschwand dort hinein, die Tür schnappte zu, und es wurde schwarz. Lichtlos wie tot. Ich tastete blind um mich, es war eng, die Wand schmierig und feucht. Es roch nach Schimmel, wie in einem unbenutzten Keller. Mir war, als würde ich erstarren, schwitzte am Kopf und fror gleichzeitig bis in den letzten Muskel, dann spürte ich einen Druck in der Kehle, der wie Hefe bis in die Ohren aufquoll und mich taub machte. Ich steckte fest wie im Sarg. Mir wurde eisig im Schädel, und ich dachte, die Haare seien mir abgefallen. Als ich nachfühlen wollte, stieß ich mit dem Handrücken an die Wand und riß mir die Knöchel auf. Dieser Spalt, in dem ich da steckte, war wohl eher als ein Geheimfach gedacht denn als ein Geheimgang. Selbst ich, klein und dünn, konnte mich nur seitlich durchzwängen. Da entdeckte ich einen kaum erkennbaren, winzig dünnen Lichtfaden am Boden, und allmählich ließ mein Erstarren nach. Ich hörte, wie die Musik im Lokal leiser gedreht wurde, dann KBs Stimme: »Liebe Gäste, wir haben heute einen prominenten Besuch, dreht doch mal das Licht auf ihn, hier ist mein . . .«, da stockte die Stimme, »also das ist mein Jugendfreund und der ehemalige Vizeweltmeister der Formel III: Rick Köster!« Seltsam, dachte ich, da leben fünfhunderttausend unterschiedliche Menschen in dieser Stadt, und ich treffe genau diesen. Ich hörte, wie ein paar Leute lustlos in die Hände klatschten und die Musik wieder laut gestellt wurde. Langsam verschwand der Druck im Hals, und ich spürte meinen Atem wieder. Nach vielleicht fünf Schritten stieß ich an eine Tür, drehte den kleinen Holzknauf und stand im rotgelben Flurlicht vor Wassys Garderobe. Ich klopfte kurz, ging aber ohne eine Antwort abzuwarten gleich hinein. Wir kennen uns seit zwei Jahren, seitdem sie im »Prikkel-Pitt« auftritt. Ein ehemaliges Heimkind aus München. Die jetzt neunzehnjährige Tochter einer Weißen mit einem Senegalesen war mit dreizehn Jahren von zu Hause abgehauen, weil der neue Mann der Mutter nicht aufhörte, sie zu prügeln und zu belästigen.

»Na Gott sei Dank, daß du kommst«, sagte Wassy. »Die muß dringend ins Krankenhaus. Vor einer Stunde kroch sie auf allen vieren herein und ist seitdem bewußtlos, und ich muß gleich auf die Bühne.«

Katja lag leblos wie ein Stofftier in einem bunten Haufen afrikanischer Kissen, wachsweiß mit grauen Augenrändern und offenem Mund, die Handflächen nach oben gedreht.

Ich griff sofort zum Telefon auf dem Nachttisch, aber es war nur ein Hausapparat. »Du mußt ins Lokal«, sagte Wassy.

Alles danach dauerte vielleicht eine Viertelstunde.

Ich lief an die Bar und wollte gerade wählen, als Platter mir blitzschnell von hinten den Hörer aus der Hand riß und mir den Arm so verdrehte, daß mir Tränen in die Augen schossen. Dann grinste er breit: »Oh, eine Runde Mitleid!«

»Katja braucht dringend einen Arzt«, keuchte ich, »sonst wacht sie nicht mehr auf.«

»Du hast hier Hausverbot, schon vergessen?« hauchte er mir ins Ohr, drehte mir den linken Arm über den rechten und hielt mich wie in einer Umarmung fest, drückte sein Becken in mein Kreuz und mich gleichzeitig an die Theke, so daß ich mich nicht mehr bewegen konnte: »Oder soll ich's dir mal so richtig, du weißt schon, he?« Ich schrie so laut ich konnte: »Wenn Katja stirbt, bist du dran, das verspreche ich dir, und dieser ganze Laden fliegt mit auf!« Einige drehten sich gelangweilt um und wieder zurück. Was sie dachten, war nicht zu entziffern. Die Musik wurde noch lauter gedreht. Nur Rick war entsetzt, schob hastig drei, vier Leute zur Seite, kam geradewegs quer durch den Raum auf Platter zu und hebelte ihn mit einem kurzen, plazierten Griff am Nacken von mir weg. Genauso schnell hatte KB nach einer Flasche gegriffen und sie Rick von hinten auf den

Kopf geschlagen. Und während Wassy versuchte, Platter abzulenken, konnte ich die Polizei anwählen. »Bitte kommen Sie schnell, bitte«, brüllte ich, »und bitte schicken Sie einen Krankenwagen, es geht um eine Überdosis von ich weiß nicht was allem, bitte!« Wassy schrie vor Schmerzen. Sie blutete aus Nase und Mund, Platter zerrte sie an den Haaren, und KB schlug ihr ins Gesicht. Rick lag halb lebendig zwischen zwei Stühlen in einer kleinen Blutpfütze. Als ich versuchte, Wassy von Platter wegzuziehn, kam der Kellner dazu und schlug mir einen Hocker in die Beine. Es tat bestialisch weh, und ich schrie nach Chili, aber die Musik war zu laut, es drang nichts nach außen. Glücklicherweise fuhren gerade zur selben Zeit sowohl die Ambulanz als auch die Polizei vor. Und das war das Signal für Chili: Sie stieß die Tür mit einem Knall auf, hechtete quer durch den Raum, drehte KBs Schlaghand blitzschnell in seinen Rücken, drückte ihn hoch und kugelte den Arm mit einem kurzen, stumpfen Ruck aus der Schulter. KBs Schrei übertönte sogar die Musik. Dann drehte sie sich wie ein Kreisel in der Achse, um Schwung zu holen, und trat Platter mit einem derart wuchtigen Fußtritt gegen die Wand, daß er zusammenrutschte wie Laub.

Das alles passierte rasend schnell. Und brutal. Dann trug sie Wassy weg und versprach ihr, eine Ministrone zu kochen.

Ich war erleichtert, begeistert und erschrokken in einem. Denn diese Brutalität ist mehr als nur ein Reflex zur Selbstverteidigung. Es ist die trainierte Bereitschaft zur Vernichtung. Chili hätte einen gewalttätigen Gast genauso ausgeknockt, wie sie gerade ihre Freundin gegen ihren Chef verteidigt hatte.

Endlich drehte jemand die Musik ab, und die verängstigte Tänzerin flüchtete von der Bühne. Ich zeigte den zwei Sanitätern mit Trage den Weg zu Katja. Nun gingen auch die Zuschauer, KB und Platter wurden gleichzeitig verarztet und verhört. Ein anderer Sanitäter sagte zu Rick, daß seine Platzwunde am Kopf genäht werden müßte. Ich bot ihm an, ihn ins Krankenhaus zu fahren. Er lehnte ab. »Das schaff ich schon«, sagte er fast zornig. Katja wurde gleich im Krankenwagen an irgendwelche Schläuche angeschlossen. Nachdem ein Beamter in Zivil meine Personalien aufgenommen hatte, durfte ich ihr nachfahren.

Ich folgte dem Krankenwagen, und der weiße Porsche folgte mir.

Irgendwann gegen zwei Uhr nachts kam Rick müde durch die Glastür der Ambulanz, vier Stiche am Hinterkopf. Ich hatte auf ihn gewartet, saß auf der Stuhllehne, weil mir die graue Plastikschale zu kalt geworden war, versuchte, mein zerrissenes Kleid irgendwie mit Sicherheitsnadeln zusammenzuhalten. Aus Verlegenheit sagte ich: »Hat ja lange gedauert, ist noch alles drin?«

»Ich hoffe, daß sie nur die Splitter rausgenommen haben. Es fühlt sich so leer an. Was ist mit Katja?«

Ich berichtete ihm, daß ihr der Magen ausgepumpt worden war und daß sie am Vormittag ins Heim gebracht würde, daß sie wieder mal großes Glück gehabt hatte und daß sie schläft.

»Gut«, sagte er. Es gab eine Pause. Die Turnschuhe qietschten auf dem grauen Linoleum, als er sich unschlüssig neben mich setzte. »Schlafen, ja, das sollten wir jetzt auch.« Er wollte sich etwas zurücklehnen, aber die Wunde tat weh, da legte er den Kopf auf meinen Schoß. Ich sah die Kopfhaut, er hatte schon ziemlich dünnes Haar, sah das handtellergroße Pflaster, die klebrig verkrusteten Haare drum herum, die roten Flecken auf dem weißen T-Shirt. Er roch nach Arzt.

»Ja, sollten wir«, sagte ich, »tut es sehr weh?«

»Es geht«, murmelte er und gab mir ohne aufzusehn seine Hand.

Die Gummisohlen quietschten leicht. Ich nahm seine Hand: eine gute Hand, dachte ich, fest und verbindlich. Der rechte Fahrstuhl fuhr hoch, und die beleuchteten Zahlen fuhren mit, blieben im fünften Stock stehen. Auf der linken Zahlenleiste leuchtete schon seit längerem das K für »Kellergeschoß«. Endstation! pochte ein Gedanke. Und wie eine Schlafwandlerin sagte ich: »Ich bin Rosa, eigentlich sollte ich ein Junge werden und Rafael heißen. Meine Mutter war sich so sicher, daß ich ein Junge sein werde, daß sie sich nicht mal eine Alternative überlegt hatte. Da fiel ihr die Rosalinde ein aus »Wie es euch gefällt«. Es war das einzige Theaterstück, das meine Eltern überhaupt je gesehn haben. Die sind sonst immer in die Oper, früher. Stell dir vor, sie wären nicht in dieses Theaterstück gegangen – dann hieße ich jetzt vielleicht Brunhilde oder Papagena.«

»Nein, Rosa ist gut, sehr gut«, er drückte mir fest die Hand. »Angenehm, sehr angenehm«, sagte er, »ich werde Rick genannt, kommt von Richard, aber nicht von ›dem Dritten‹, ich bin der zweite nach meinem Vater, Richard senior.«

Es wurde schon hell, als wir das Krankenhaus verließen. Ein blasser Sommermorgen, der die Farben noch zugedeckt hielt und die Wärme auch. »Bringst du mich von hier weg?« fragte Rick, »bitte, für heute habe ich genug.« Und es klang nicht müde, sondern verbittert.

Ich fuhr ihn in sein Hotel, am Rheinufer entlang, die Lippen trocken vor Müdigkeit. Der Fluß wellte sich träge und schal im noch windlosen Zwischenlicht. Vor der Glastür unter der blauen Hotelschrift, von müden Taxifahrern beäugt, gab er mir einen kratzigen Abschiedskuß.

Den Sommer war [illegible] wenig Temperatur
an [illegible] [illegible] Badesachen [illegible]
Land, anders im Kino [illegible] [illegible] Bett, mit
einem Unterarm [illegible]

[illegible]

an es verzögerte sich [illegible] [illegible]
mit Hinter [illegible] [illegible] [illegible]

Warum [illegible] [illegible] [illegible] und vor
[illegible] noch verantwortlich [illegible]

Ich hatte lange gesch[illegible] ungefähr. Und
ich hatte geträumt. [illegible] regelrecht in dem
Traum [illegible] [illegible] bekannter Ge-
sicht, das man lange [illegible] erkennt. Vorher
als hätte ich mich ver[illegible] einem Heißluft-
ballon [illegible]

2

DER SAMSTAG WAR EIN ganz anderer Tag, anders im Aufwachen, anders im Rhythmus, anders im Licht, anders im Klang. Er war wie ein Park mit einem mittelgroßen Teich und mittelgroßen Bäumen, hell, friedlich und überschaubar.

Natürlich vermißte ich Anna, aber diesmal etwas weniger als sonst. Auch den kurzen Streit mit Theo konnte ich schnell vergessen. Ich war gut zu dem Tag und verstopfte ihn nicht mit alten Bildern, und er war großzügig zu mir wie ein Mäzen: Ich mußte ihn nicht teilen und war nur für mich verantwortlich.

Ich hatte lange geschlafen und ungestört. Und ich hatte geträumt. Ich hatte regelrecht in den Traum hineingestarrt, wie in ein bekanntes Gesicht, das man langsam wiedererkennt. Mir war, als hätte ich mich verflogen mit einem Heißluftballon und mußte in der Wüste vor Marrakesch landen. Ein kleiner Junge rannte auf mich zu, hielt mir sein kleines verstaubtes Adreßheftchen hin, lispelte aufgeregt durch seine Zahnlücken: Friends! Freunde! Friends! Das Heft war voll mit Autokennzeichen von Durchgereisten aus Deutschland und aus der Schweiz. Er zog mich weg und führte mich in eine schattige Lehmhütte. Wir gingen an knochigen Ziegen im Untergeschoß vorbei, eine schmale Spiralentreppe hoch in den ersten Stock und zogen die Schuhe aus. Er zeigte mir einen weißgestrichenen Raum mit Kelims, Kissen und Koransuren an der Wand. Dort saßen ein verschleierter Mann mit blauen Augen und eine verschleierte Frau. Sie tranken Tee, und in der Zuckerdose krochen große, rote Ameisen. Von den Beinen der Frau rann ein rotes Rinnsal wie eine rote Ameisenstraße, aber es war Blut. In ihrer linken Hand lag ein totes Küken. Das kahle Köpfchen baumelte wie eine Gebetskette zwischen ihren Fingern. Die Frau lächelte und winkte mich zu sich, jetzt sah ich ihr Gesicht, es war dasselbe wie meins, und ich war damit einverstanden.

Theo weckte mich mit Kaffee und einer Überraschung, die ihm nicht paßte. Das hörte ich sofort an seiner Stimme – nicht, daß er dabei wie die meisten kratzig und krude wird, im Gegenteil: Theo wirkt dann besonders poliert und angepaßt und redet mit einer derart künstlichen Stimme, daß ich an falsche Nägel denken muß.

»Hier ist ein Fax von deiner Tochter und eine Nachricht von der Polizei, die anfragt, ob du Anzeige erstatten willst« – die Frequenzverschiebung war kaum hörbar –, »dann hat das Heim angerufen, Katja sei da und du sollst kommen« – hier klang er schon auffällig glatt und mild –, »und dann klingelte noch ein verheirateter Mann an« – jetzt wurde er richtig windschnittig –, »ich wiederhole«, sagte er, »ein verheirateter Mann, der seinen Kindern Schaukelpferde bestellt und aussieht wie'n Terminator in Taschenformat, der wollte dich sprechen.« – Das also wars! – »Und vor einer Viertelstunde kam ein vollbepackter Kurier mit Blumen und einem Päckchen. Sagst du mir jetzt, was heute nacht los war?« – Na endlich! Da waren die Nägel. Theo kratzt aber so, daß er sich selbst und den Gegner nie verletzen würde.

Eine Urkraft schleuderte mich aus dem Bett in die helle Mittagssonne, die gerade wie ein gigantischer Goldbrocken über dem Hof hing.

Es wird mir ewig ein Rätsel bleiben, welch eine Explosion Glück bewirkt. Es sprengt jedes konkrete Gefühl. Alter, Tageszeit oder Pflichten kriegen die Leichtigkeit von Seifenblasen.

Noch nie hatte ich derart große Rosen gesehen, und noch nie hatte ich so viele auf einmal bekommen! Ein Bottich voll faustgroße Floribunda-Rosen in allen Schattierungen zwischen purpur- und tizianrot, wie ein Sakrament, mystisch und prachtvoll. Ich traute mich nicht, sie zu berühren.

Auch das ist mir ein Rätsel: daß Schönheit gläubig macht, wie der Gedanke an den Tod. In beidem steckt ein Ausnahmezustand, der keinen Einspruch ermöglicht. Es ist eben ein Vorrecht der Natur, grundlos, radikal und endgültig.

»Gott, sind die schön!« staunte ich aus der Starre.

Theo stand neben mir, wedelte mit dem Päckchen und der künstlich glatten Stimme. »Was da wohl drin sein mag?«

Ich wußte es. Ich wußte es genau. Und ich war begeistert, daß dieser Mann dazu fähig war, gleichzeitig war ich abgestoßen von seiner Überheblichkeit, mich gegen meinen Willen gestalten zu wollen.

Ein weiteres Rätsel ist mir, woher Menschen diese Sicherheit nehmen zu wissen, was gut für einen anderen ist oder was *überhaupt* gut ist, für sich selbst und für die Welt. Ärzte sind solche Menschen, sie behaupten, alles über den Körper zu wissen. Politiker alles über Gerechtigkeit, Philosophen sind sich sicher zu wissen, wie die Welt nicht funktioniert, Mütter und Väter dagegen behaupten ihren Kindern gegenüber entschlossen das Gegenteil, Pastoren wissen sogar alles über Gott, und Piloten wissen, warum Flugzeuge fliegen. Irgendwann muß der einzelne außer seinem Namen und seinem Fachgebiet nichts mehr kennen. Er läßt dann für sich wissen und für sich entscheiden, per mouse-klick, vom online Gott – Amen.

Theo schlich um den Tisch wie eine Katze, gab mir Kaffee. »Hier, Mango«, sagte er weich, »habe ich extra für dich aufgeschnitten.«

»Danke.« Ich konnte kaum etwas trinken, geschweige denn etwas essen. »Willst du das Päckchen da nicht aufmachen?«

»Gleich«, sagte ich und setzte mich neben die Blumen auf den Tisch. »Wie spät ist es?«

»Kurz nach halb zwölf«, antwortete Theo.

»Das ist das schönste ›Kurz nach halb zwölf‹, an das ich mich erinnern kann«, gestand ich und verzog mich kurz in den Traum mit den schönsten »Halb fünfs« mit Dante. Ich hatte sie getrunken wie eine Liebessuppe.

»Du grinst wie ne Sphinx vorm Abflug, was ist los mit dir?«

»Wußtest du, daß Richard reiches Herz bedeutet?«

»Nee, wußte ich nicht, klingt aber schön reich, ist wohl auch schön reich, ein schönes, reiches Arschloch!« Theo hatte seinen gewohnten Ton wieder. Was er eben noch ahnte, wurde gerade bestätigt. Er braucht Klarheit, dann ist er sicher.

»Das ist doch nichts Ernstes?« fragte er fast drohend, obwohl er selbst nur den »Kick in der Kiste« sucht. »Und wenn's ernst sein sollte, warum denn ausgerechnet dieses Arschloch?«

Mein Spiegling ist da wählerischer als meine Eltern, die würden sich notgedrungen über jeden Begleiter freuen, der aber nicht jünger als 37 sein sollte. Mehr als fünf Jahre Altersunterschied wirke peinlich, sagt meine Mutter. »Das macht dich noch älter und ist zu schnell vorbei.« Als gäbe es einen Garantieschein bei Gleichaltrigen. Ich solle nicht so wählerisch sein, »du bist nicht mehr zwanzig«, wiederholt sie seit drei Jahren.

»Ich wars aber mal, und da gings auch nicht besser«, antworte ich dann, und daß die Gestaltung einer Beziehung keine Altersfrage sei, sondern eine Einstellungssache.

»Mit der bist du aber nicht glücklich geworden«, pokert sie mit süffisantem Ton.

»Du mit deiner auch nicht«, halte ich sofort dagegen.

Diese Antwort mag sie gar nicht und macht meist eine längere Pause vor ihrer nächsten Karte: »Die Männer werden sich nie ändern, deshalb mußt du dich ihnen anpassen«, sagt sie mütterlich milde.

»Um in Tonnen von Strickjacken und Strickwesten zu ersticken?«, das ist in der Regel mein letzter Stich in diesem Spiel, das bislang immer mit gegenseitigen Betrugsversuchen endete.

»Nun mach schon das Päckchen auf«, drängte Theo.

Ich öffnete das kleine graue Plastikkästchen. »Perlen, so mittelgroße mit rosa Schimmer.« Die Erinnerung kitzelte wie Niespulver.

»Ich denke, du magst keine Perlen«, sagte Theo verächtlich, »und dann auch noch Ohrringe. Bei uns schenkt man einer Frau nur dann Ohrringe, wenn man sie heiraten will, um sein Revier zu markieren, verstehste?«

»Der ist aber kein Grieche.«

»Das hat nichts mit Grieche zu tun, das hat was mit dem Mann an und für sich zu tun. Das kommt von den Genen, Männermacken sind international.«

Ich wollte nicht darauf reagieren.

»Weißt du, was der hier macht?«

»Ist mir egal«, sagte ich. »Ich habe noch nie Perlen geschenkt bekommen. Er kann offensichtlich seine Miete selbst bezahlen, das ist wichtig. Außerdem dauert es sowieso nicht lange, wir haben in der Mitte angefangen.«

»Wie – angefangen? Das ging ja schnell!« Theo war empört.

Mir aber gefiel die Idee: »Ich mach das jetzt wie du – ganz pragmatisch, nehmen, wie's kommt, nicht davon träumen, wie's kommen sollte.«

»Aber doch nicht mit dem, das ist'n Arschloch! Erkennst du das denn nicht?«

»Erkennen ist eine Zeitreise zurück, und dazu habe ich heute keine Lust«, sagte ich. »Gegenwart muß man machen und nicht kommentieren! Das ist doch dein Lieblingsspruch.«

Nach einer kleinen Verzögerung und jetzt mit gekräuselter Stirn versuchte es Theo sarkastisch: »Sag bloß, da ist Liebe im Spiel?« Er zog die Mundwinkel nach unten und machte eine wegwerfende Handbewegung, wie sie nur Südländer können. Er weiß, daß mich diese Geste wütend macht.

»Selbst wenn«, antwortete ich ruhig den Kaffee schlürfend, »es ist nur ein Spiel, eine neue Variation desselben Themas. Hast du nicht gesagt, wir Frauen sehen dieses Thema zu verkrampft? Wie Harmonie-Junkies? Schau, ich bin ganz locker. Hier sind Draculas Mottenkugeln, aber heute gefallen sie mir, und ich hab Lust auf eine Perlenvariation. Ich denk nur an mich, das müßte dir doch gefallen, jetzt sind wir gleich!«

»Wir sind aber nicht gleich!« tobte er. »Und das will auch keiner!«

Ich blieb ruhig: »Natürlich nicht«, sagte ich, »denn wenn ihr die Kinder kriegen müßtet, würde die Menschheit bald aussterben.«

»Genau das hat Helena mir damals auch gesagt, bevor sie abgehauen ist.«

»Warum wohl? Theos Haushälterin zu sein, ist doch kein Lebensjob.«

»Das habe ich auch nie gesagt!« Theo wurde rot vor Wut und hielt eine lange Rede in Griechisch, die ich nicht verstand, und dann wieder in Deutsch: »Sie sollte nur so lange zu Hause bleiben, bis das Kind groß genug ist. Sie ist doch die Mutter, und ein Kind braucht seine Mutter!«

Als ich, statt ihm zu antworten, mich zum Morgenlauf fertig machen wollte, brüllte er wieder seinen Standardsatz, daß kein männliches Tier auf der Welt seine Jungen großzieht usw.

Für einen kurzen Moment überlegte ich, ob ich die Blumen nehmen und zurück in meine Wohnung fahren sollte, aber ich blieb, trug die wunderschönsten, rotesten Rosen aus der heißen Sonne in mein Zimmer und die Perlenohrringe auch. Dann sagte ich ihm in meinem freundlichsten Ton: »Liebster Theo, ich geb dir und deinen Artgenossen jetzt einen guten Rat: wenn ihr nicht bald auf dieselbe Evolutionsstufe kommt wie wir, klonen wir uns selbst und erziehen unsere Kinder nur noch alleine, dann seid ihr nämlich endgültig aus dem Rennen. Also hört endlich auf, uns zu tyrannisieren wegen dem beschissenen bißchen Samen«, warf ihm einen Handkuß zu und lief vom Hof. Theo rief mir noch vieles in Griechisch hinterher.

Rick und ich hatten uns für den Abend verabredet, allerdings ohne den genauen Zeitpunkt und den Ort zu vereinbaren. Er sagte, es würde spät werden, er müßte mit einem neuen Fordmodell auf eine sogenannte Teststrecke in der Nähe der holländischen Grenze. Er wäre Testfahrer. »Testfahrer« hatte ich noch nie gehört, also versuchte ich mit dem bewährten Kopf-Tarock zu improvisieren. Als erstes fiel mir schnell fahren ein, dann wegfahren, stop and go fahren, Slalom fahren, weiterfahren, nach Hause fahren. Und ein Bauernspruch: Fahrende sollte man nicht aufhalten. Unter »testen« zu suchen, war noch deprimierender: probieren, auswählen, abwägen, unverbindlich, flüchtig, vorübergehend. Mir gefiel das Ergebnis nicht, und ich ließ es sein. Außerdem mußte ich ins Heim.

Dort herrschte eine ungewohnte Geschäftigkeit. Einige Jugendliche skateten vor dem Haus um einen dort parkenden Polizeiwagen herum, andere saßen auf den Stufen im Treppenhaus, die größte Gruppe aber hatte sich vor dem Büro versammelt. Da saßen zwei Polizisten mit Ulla, eine der Gruppenbetreuerinnen, und nahmen zu Protokoll, was Pia über Platter, KB und Co. erzählte.

Es war kurz vor halb drei Uhr, als ich in Katjas Zimmer kam. Obwohl ich wußte, was ich sehen würde, war ich wie gelähmt von dem Anblick. Sie lag bewegungslos im Bett, die dünne Decke mit Engelmotiven hochgezogen bis zur Brust, darauf die dünnen Arme parallel am Körper, die nassen Haare in ein Handtuch gewickelt, das Gesicht blutleer und ohne Ausdruck, wie einbalsamiert, die Lippen aufgerissen, der Blick eingedrückt in tiefgraue Ringe um die grünen Augen, die Fingerknöchel und Ellenbogen aufgeschürft. Ohne mich anzusehn, sagte sie mit leiser, heiserer Stimme: »Ich hab's genau gehört, die Mama war da, aber sie hat nicht aufgemacht. Dann bin ich zum Papa, der wollte mich auch nicht sehn. Ist doch besser, du bist tot, als daß du immer vor geschlossenen Türen stehst. Weißte, Rosa, wenn dich keiner will, dann gibt's dich auch nicht.«

Es gab nichts zu sagen für mich, nichts, was Katja nicht schon wußte, nichts, was sie hätte aufhalten können. Nichts, was eine öffentliche Institution und bezahlte Betreuer tun könnten. Es war ihr schon unerträglich, daß sie hier im Heim keine Privatheit mehr hatte, aber sie haßte es, wenn man sich in ihre Gedanken einmischte. Unter ihre Haut durfte niemand. Sie lag da wie hohl, als würde sie jeden Moment in sich zusammenfallen. Ich gab ihr etwas Creme auf die trockenen Lippen, wickelte das feuchte Handtuch von ihrem Kopf, bürstete ihre schulterlangen, aschblonden Haare.

»Jetzt geht es wieder von vorne los«, sagte sie. »Und wenn ein Stern fällt, stirbt ein Kind, kennste das? Ist das einzige Märchen, was mir die Mama erzählt hat. Warum gerade das, Rosa? Warum eine Geschichte ohne Happy-End.« Und dann, nach einer langen Pause, als wäre sie zwischenzeitlich woanders gewesen: »Wie es da wohl ist? Sie hat lauter schöne Bilder gesehen.«

Sie sagte nichts mehr, sah lange vor sich hin in ihr Anderswo, und ich bürstete ihre Haare trokken. An der Wand hing ihr neuestes Gedicht – »Gedanken«:

Gedanken hüpfen wie hohle Pingpong-Bälle durch meinen Kopf – bekommen Ecken – werden flach und oberflächlich – werden voll und innig – weich und hart – fressen mich auf – geben mir Nahrung – lassen mich vergessen und erinnern – verstecken mich – entblößen mich – erweitern mich – verschließen mich – umschließen mich.

Ich nahm mir vor, einen offenen Brief an das Familienministerium zu schreiben. Unser Haus ist voll mit abgeschobenen, ungewollten Kindern, deren Eltern selbst nie etwas anderes kennengelernt hatten. Und es werden jährlich mehr. Also muß man es lernen, Verantwortung zu übernehmen, wie Mathe oder Geschichte. Ich wollte vorschlagen, daß es bereits in den Schulen Kurse geben sollte, über die Pflicht des Liebens um seiner selbst willen, nicht im religiösen oder biologischen Sinn, sondern aus dem Wissen um die eigenen Bedürfnisse heraus, aus Respekt am Menschen. Es gibt keine Alternative. Das

Irgendwie-weiter-So der jetzigen Situation führt geradewegs in die Verrohung. Wir müssen lieben lernen, lernen, Verantwortung zu übernehmen, und zu schützen. Ich wollte den Brief noch am selben Abend schreiben.

Es dämmerte schon, als ich Ulla auf dem Gehsteig traf. Sie ist die neue Pädagogin, die wir lange gefordert hatten. Unsere Kinder werden in Achter- bis Zehner-Wohngruppen betreut, jede mit einer eigenen Küche, und jedes Kind über zwölf hat ein eigenes Zimmer. Jede Gruppe braucht in der Regel vier Bezugspersonen, meist sind das Pädagogen/Innen oder Sozialarbeiter/Innen, die sich in Schichten abwechseln. Nun hatte in dieser Gruppe, die eh nur drei Betreuer hat, eine Kollegin aufgehört, und die Stelle sollte auch noch eingespart werden. Gerd und Beate, beide examinierte Sozialarbeiter – Beate arbeitet noch zusätzlich in der Heimleitung –, waren völlig überfordert. Sogar Theo sprang ab und zu für Nachtwachen ein – so wie ich, obwohl es meine eigentliche Arbeit ist, gruppenübergreifend für alle Altersstufen dazusein, bei besonders traumatisierten Kindern arbeite ich auch mit Einzeltherapie. Doch das wurde immer unmöglicher. Nun haben wir seit zwei Monaten endlich eine neue Kraft bewilligt bekommen: Ulla. Eine offene, kluge Frau Anfang Dreißig mit einer ansteckenden Leichtigkeit. »Ihr könnt mich auch Erich nennen«, hatte sie bei ihrem Vorstellungsgespräch angeboten, »fast alle nennen mich so. Schon seit meiner Kindheit, während die anderen Kiddies nach Sesamstraße oder Pippi Langstrumpf grölten, hatte ich immer nur den ollen Kästner auf meiner Wunschliste.«

Sie lud mich ein, mit ihr in den Stadtgarten zu gehen, es gäbe eine Session der Kölner Musikgilde mit Songs von Paul Simon, meinem Lieblingssänger. Aber ich wollte in meine Wohnung. Kurz nachdem wir uns verabschiedet hatten, rief sie von der anderen Straßenseite: »Sag mal, Rosa, du und Theo, da ist doch nichts mehr, oder?«

»Nein«, sagte ich, »da war noch nie etwas. Er ist der Bruder, den ich mir immer gewünscht habe, warum?«

»Ach, nur so«, druckste sie. »Wie lange bleibst du denn bei ihm?«

Jetzt erst begriff ich. Warum hatte es mir Theo verschwiegen? »Wann habt ihr euch kennengelernt?«

»Vor einer Woche! Und es tut mir richtig gut, total schön! Ich fühl mich wieder wie Ich!« Sie tanzte fast vor Freude. »Stell dir vor, Christoph ist endlich ausgezogen, will nach Lanzarote, um seinen Roman dort fertig zu schreiben. Ich bin so froh, daß er weg ist! Verlieb dich ja nie in einen Künstler, sag ich dir, die lieben nur sich selbst!« Sie winkte in Eile und rief noch ein langes kölsches »Tschööö« in das restliche Tageslicht, das wie ein Parfum in der beginnenden Nacht schwebte.

Ob sie nicht wußte, daß Theo auch ein Künstler ist?

Die Luft schmeckte pudrig nach Beton von den Häuserwänden, die langsam abkühlten. Wie anders, dachte ich, im Süden riecht es in den Sommerstraßen nach Essen und Menschen.

Die Kreuzungen wirkten lächerlich ohne den lärmigen Verkehr, wie sitzengelassen. Die Ampeln hüpften stumm von rot auf gelb auf grün und wieder zurück, von grün auf gelb auf rot. Und kein einziges Auto, das auf ihre Kommandos reagierte. Im Gegenteil, die Fußgänger und Radfahrer pendelten nach Lustprinzip kreuz und quer über die Straßen. Laszive Rebellen im Scherenschnitt der Nacht. Niemand befolgte irgendein Signal, keine Farbe bewirkte irgend etwas Ordnendes. Trotzdem hatte dieser blinkende Stumpfsinn etwas Subversives, Hypnotisches wie eine virtuelle Unterwelt.

Irgendwann, dachte ich, während ich in die Farben starrte, irgendwann wird jeder seinen eigenen Satellitenempfänger implantiert bekommen, und wir werden ohne Umwege miteinander kommunizieren, ohne Berührung in jeden Körper hineinsurfen können, körperlose Kopfgespräche, schmerzlose Hirnliebe. Onlinesex hinter Schädelknochen, keimfrei und gefahrlos, frei von Rassismus und Rollenverteilung, unabhängig von Sprache und Religion. Bücher, Fernseher oder Zeitungen werden somit überflüssig, weil wir uns per Gedanke direkt in die Information einklicken werden. Wir werden Hirngespräche haben, von Zentrale zu Zentrale, ins Schaltsystem des anderen. Ohne Energieverlust und Umweltbelastung, die totale Mobilität. Denn es wird von Essenz zu Essenz geschaltet, direkt ins Bedürfniszentrum. Es ist nur eine Frage der Codierung, der Software, und jeder ist eine Datenbank. Er benötigt nur noch bestimmte Koordinaten für einen neuen Liebhaber, einen anderen Beruf oder ein ersehntes Reiseziel. Je nach Wunsch kann er die Identität wechseln oder sich Erlebnisse leasen, eigene anbieten. Und alles geschieht unverzüglich und still, durch Hirntransfer. Wir werden aufhören, zu sprechen und zu gehen, und wir werden große Köpfe werden, virtuelle Eier mit Antennen. »Was machst du denn da?« hörte ich eine ältere Frau zu ihrem breiten Dackel sagen, der an meinen Schuhen leckte, »was schnupperst du denn da?«, und dann zu mir: »Entschuldigen Sie, aber das macht sie sonst nie. Na komm, Susi, komm Gassi gehn.« Sie hatte gar keine Antwort gewollt, trotzdem rief ich ihr so etwas wie: »alles in Ordnung« hinterher, um sicherzugehn, daß meine Stimmbänder noch funktionierten.

Zu Hause angekommen, ging ich als erstes in Annas Zimmer, setzte mich eine Weile in den Kinderzimmergeruch aus gespitzten Bleistiften und Buntstiften, aus Turnzeug und verklebten Bonbons, aus Bettzeug und Schulbüchern. Ich beschloß, in meiner Wohnung zu übernachten und am Sonntag von hier aus zum Trommeln ins Heim zu fahren, machte mir einen Tee und schaltete das Fernsehn an. Auf allen Kanälen Shows, sogar Shows über Shows, der Gipfel der Plattheiten. Das Fernsehprogramm im letzten Jahrzehnt dieses Jahrtausends ist nur noch eine riesige Showorgie aus Kochshows, Sexshows, Singleshows, Problemshows, Gameshows, Comedyshows, Talkshows, und in jeder Talkshow Politiker aller Couleur. Die heiße Phase der »Jahrhundert-Wahl« hatte begonnen, und jeder drängelte sich fein frisiert in irgendeine »Neue Mitte«, wie Fliegen auf einem Hundeschiß. »Neue Mitte« in der Wirtschaftspolitik,

»Neue Mitte« in der Außenpolitik, »Neue Mitte« in der Sozialpolitik.

Die Gesichter waren kaum zu unterscheiden, mal den harten Scheitel rechts, mal die Fönwelle links, dann wieder das ergraute Haar jugendlich frisch getönt. Einige hatten sich extra für diese »Neue Mitte« neu verheiratet, andere komplett neu eingekleidet und sogar über zwanzig Kilo abgenommen. Der große Mann mit dem kleinen Kopf sagte, er wolle, daß alles so bleibt, der kleine mit dem großen Schädel nickte zustimmend, aber er wolle das gleiche besser machen. »Mittelmaß ist eklig«, fiel mir Theo ein und noch ein chinesisches Sprichwort: »Nur *der* wird von Nutzen sein, der dem Volk nützt und es nicht benutzt, nur der es liebt und es nicht gebraucht.«

Sicher hätte Sün-dse statt »gebraucht« auch »manipuliert« geschrieben, hätte es damals schon die Medien gegeben. Ich drehte den Ton ab und schaltete den Anrufbeantworter an. Auf dem Display blinkte eine rote Drei, wie ein Puls.

»Wir sind's, Mama und Papa, wir wollten nur fragen, ob das Kind gut angekommen ist und wie es dir jetzt geht – willst du denn nicht mal vorbeikommen? Was machst du denn so allein? Schöne Grüße, und ruf doch mal an, wir würden uns freuen.« Das war meine Mutter, sie spricht immer im »Wir«, obwohl meinen Vater das Alltägliche noch nie interessiert hat.

Die Nummer zwei war der Hausmeister Heinrichs, er bat mich, am Dienstag um 14 Uhr zu Hause zu sein, zum Strom ablesen. Dann leuchtete eine Eins auf dem Display, und die letzte Nachricht begann:

»Siehste, ich hab dich doch im Telefonbuch gefunden.« Stille. – Rick! Er war es wirklich. Rick! Den ganzen Tag lang hatte ich es mir verkniffen, seinen Namen auszusprechen, aus Angst, ihn dadurch zu verjagen. Ein alter Aberglaube. Rick! Rick! Rick! Und diesmal gongte ein ganzes Gong-Orchester. Ich spürte das Zittern bis ins Knochenmark. Das Herz schlug mir im Mund, als wollte es weglaufen. Ich atmete nicht, um nur ja jede Silbe zu verstehen:

»Ich habe zwar heute abend noch einen Termin«, sagte er, »möchte dich aber trotzdem gerne sehen. Was hältst du davon? So gegen 10 Uhr am Neumarkt? Warum wollte mir dieser Theo deine Nummer nicht geben?«

Und wieder diese rätselhafte Explosion! Ich fühlte mich wie Schaum. Nur noch fünfunddreißig Minuten! Unmöglich! Wie sollte das gehn? Fünf Minuten brauchte ich für den Weg, aber mindestens fünf Stunden, um mich vorzubereiten!!

Ich brauchte ganz dringend ein entspannendes Bad und dabei wenigstens einmal die ganze Graceland-CD, eine Haarpackung war nötig, eine reinigende Gesichtsmaske, Körperpeeling und ein bißchen Gymnastik für die Durchblutung, die straffende Körperlotion mußte gut einmassiert werden, und die Nägel brauchten neuen Lack! Jetzt ärgerte ich mich, daß ich den schwarzen Spitzenbody für vierhundert Mark nicht gekauft hatte. Noch zwanzig Minuten! Und ich stand immer noch unter der Dusche. Ich mußte irgendwie trocken werden und irgend etwas anziehen. Noch fünfzehn Minuten! Alles, was ich anzuziehen hatte, lag schon auf meinem Bett, aber ich fand nichts, was dem Anlaß würdig gewesen wäre. Nun war ich geradezu wütend auf mich, daß ich den traumhaften Hosenanzug von Yamamoto nicht gekauft hatte. Ich hätte wenigstens nachfragen sollen, wie teuer er gewesen wäre. Noch zehn Minuten! Wo, verflucht, war die Zahnseide? Anna hatte sie letztens benutzt, um die Figuren aus den Schokoladeeiern aufzuhängen. Ich fand sie nicht, nahm die Mundduschе, aber ich hatte kein Mundwasser mehr. Ich bürstete die Zähne zweimal hintereinander und gurgelte mit der Zahnpasta nach. Noch drei Minuten! Und ich sah aus wie eingelaufen, die Haare zu struppig, das Gesicht zu schmal, das

Kleid zu eng und ich zu dick. Nichts an mir stimmte, aber ich mußte weg. Ich verzichtete auch auf Lippenstift, der verrutscht immer, wenn ich schwitze. Und ich schwitzte! Schon an der Tür, rannte ich noch mal zurück. Ich hatte vergessen, etwas Parfum aufzusprühen, aber welches der zwölf wäre jetzt am besten? Eher orientalisch schwer von Opium oder französisch elegant von Cartier? Oder das amerikanisch androgyne von CK one? Ich entschied mich für eine Grundierung mit Miss Dior, leicht und trotzdem ernst, einigen Spritzern von KL, zart und zimtig, und einem Hauch Chanel Nr. 5, lasziv und leger.

Man kann an zwei Seiten des Neumarktes parken, ich fand eine Lücke auf der rechten Seite. Obwohl ich mit offenen Fenstern gefahren war, um mich abzukühlen, schwitzte ich immer noch, und meine Duftkomposition war zum Teufel. Jetzt hätte ich gern einen kühlen Champagner getrunken, aber der skurrile Stand mit der engelhaften Frau war verschwunden. Es war überhaupt vieles anders. Zwar zog der Ballonverkäufer immer noch um den Platz, aber er hatte keine Kunden, zwar blinkten immer noch Myriaden von bunten Lichtern von Baum zu Baum und um das große Zelt herum, aber sie hatten keinen Glanz mehr. Der Bierverkäufer popelte in der

Nase, die Frau am Würstchenstand schob lustlos die dunklen Fleischstücke auf dem Grill von oben nach unten und zurück, das helle Holz der langen Bänke war zerkratzt mit allen möglichen Inschriften. Ich suchte die Musik, sie klang versteckt, wie aus einer Brotdose. Dann hörte ich großen Applaus, da erst begriff ich, daß die Spätvorstellung noch im Gange war.

Ich holte Popcorn in Größe XXL, suchte mir eine passende Stelle auf der Bank und setzte mich zwischen das Herz mit »Mehmet und Helga« und »Frank liebt Uwe«. Das Schwitzen hatte aufgehört. Es wurde zehn nach zehn. »Vielleicht dauert sein Termin doch etwas länger«, dachte ich und verschlang gierig das wattige Popcorn. Der Ballonverkäufer ging schon zum dritten Mal an mir vorbei, dann setzte er sich verärgert ein paar Bänke weiter hin. An der Treppe zur S-Bahn sah ich eine Gruppe Jugendlicher in Katjas Alter abwärts fahren. Parallel dazu stieg eine Schar bunter Drag Queens auf den Platz, Männer als Frauenwesen verkleidet, eine Fusion der Fantasie. Mischwesen, denen in alten Kulturen göttliche Kräfte zugeschrieben wurden. Und für einen Moment glaubte ich an deren Rückkehr.

Ich dachte an Martin und Kurt, zwei Mitschüler vom Gymnasium und Ministranten bei der

Sonntagsmesse, die in der bigotten Ethik des »du sollst nicht« erstickt sind. Einer Heilslehre, die seit Jahrhunderten jeden, der nicht nach ihren Regeln leben will, verfolgt hat und immer noch verurteilt. Aber es gibt keine Sicherheit in der sogenannten Normalität, »wir alle sind nur Gäste im Traum vom Anderssein«, ein Satz, den ich auf einem der Christopher-Street-Day-Umzüge gelesen hatte.

Hätten es Martin und Kurt bloß länger ausgehalten, sie hätten heute sicher auf irgendeinem dieser CSD-Parties mitgefeiert, die seit über fünfzehn Jahren auch durch die schwulen Metropolen Köln, Berlin und Frankfurt ziehn.

Kurt hat sich erhängt, und Martin hat Rattengift getrunken. Seitdem war ich auf keiner Beerdigung mehr. Selbst zum Grab meiner Freundin Evelyn letztes Jahr bin ich erst nach der sogenannten offiziellen Trauerfeier gefahren, um den verbrauchten Phrasen und den trostlosen Tröstern nicht begegnen zu müssen.

»Vielleicht doch'n kleines Bierchen zum Runterspülen?« Der Bierverkäufer wischte seinen Zeigefinger an der Hose ab. Mir klebte die Zunge am Gaumen, aber ich sagte nein. Die regenbogenbunten Menschen verschwanden in der gegenüberliegenden Passage der Buchhandlung.

Der Zeiger der großen Uhr über der Haltestelle zuckte auf 22 Uhr 25 vor, und ich hatte alles Sehenswerte des Platzes mindestens schon zehnmal angesehn, das Popcorn war auf die Größe »medium« geschrumpft. »Er wird schon noch kommen«, dachte ich fest, »warum hätte er mich denn sonst anrufen sollen?« Und wartete weiterhin, Wattiges kauend, unter dem menschenleeren Lichterdach.

Immer wieder drang Musik und Applaus durch die Zeltplane. Früher schimmerten noch die Konturen der Artisten durch die Zeltwände, dachte ich, dunkel und farblos. Für uns Kinder aber waren diese Schattenartisten viel bunter als die echten. Und obwohl es verboten war und der Zirkus-Direktor uns täglich wegscheuchte, erschien uns jede Schatten-Vorstellung aufregender und phantastischer als die wirkliche.

Mir fiel auf, daß mich immer häufiger aktuelle Ereignisse übergangslos ins Fotoalbum von früher zurückstießen, als wäre das Heute bedeutungslos. Ich dachte immer, daß man das Älterwerden irgendwie spüren müßte, an den Träumen vielleicht oder daran, daß sich die Stimme verändert. Aber die Träume und die Stimme bleiben gleich. Die Augen ändern sich und die Haut. Eines Tages bin ich aufgewacht und brauchte ein Lesebrille. Über vierzig sei das normal, »da stirbt die Klarsichtigkeit«, sagte der Augenarzt routiniert. Über vierzig, sagte er, ich war plötzlich über vierzig. Ich hatte nichts dagegen, und es tat auch nicht weh, ich dachte nur, bei mir wäre das irgendwann später. Die Klarsichtigkeit war also schon abgestorben. Die Fruchtbarkeit würde das nächste sein.

Simone de Beauvoir hat sich geirrt, dachte ich, wir werden nicht zur Frau gemacht, uns wird das Frausein geklaut, unsere Biologie balsamiert: Wir wurden Fräulein und Frauenzimmer, Ehefrau und Hausfrau, unbezahltes Personal männlicher Privatiers. Im Gegensatz zum männlichen Körper jedoch, der erst ab der Pubertät Spermien produziert und so den Jungen zum Mann macht, ist die Frau schon im Mutterleib komplett ausgestattet mit allen Eizellen für den Rest ihres Lebens. Aber was Simone de Beauvoir vielleicht nicht wußte – unser Absterben beginnt schon im Bauch, ab dem sechsten Schwangerschaftsmonat. Ab da nimmt die Gesamtzahl der Eizellen durch Degeneration von Primordialfollikeln, wie es medizinisch heißt, bereits ab und hört dann endgültig in der Menopause auf. Und dann gibt es schlicht keine Eizellen mehr, nur noch Narbengewebe. Dann blutet nichts mehr, dann ist alles verheilt.

Anna ist also ein elfjähriges Frauenwesen in einem Mädchenkörper. Wenn *sie* fruchtbar wird, hört es bei mir auf. Ich war nicht traurig darüber, nur überrascht, daß es so schnell ging. Ich nahm mir vor, Anna davon zu erzählen.

Mir fiel eine Liedzeile ein: »Wenn ich mir was wünschen dürfte, möcht ich etwas glücklich sein«, und die Frage, ob ich wohl ab jetzt ewig in alten Archiven wühlen mußte, bis mir die Zähne ausfallen. Quatsch, dachte ich und knackte keck ein hartes, verbranntes Maiskorn, fühlte aber gleich nach, ob die Krone noch ganz war.

Ich suchte irgendeinen sinnvollen Gedanken, der mich von diesem offensichtlichen Unsinn mitten in der Nacht ablenken sollte. Es war unsinnig zu warten, und trotzdem wartete ich, wartete stur wie eine Gläubige, wartete so, wie ich nach Dante auf keinen mehr gewartet hatte. Wenn einer nicht pünktlich kam, ging ich ohne zu zögern. Annas Vater empörte sich darüber bis zum letzten Tag unserer Ehe. Das sei »tyrannisch, ignorant und gleichgültig«, sagte er. Ich habe ihm nicht widersprochen. Er tat mir leid, weil *er* wartete.

Ich wußte nicht warum, aber ich blieb. Es beunruhigte mich nicht einmal, daß ich es tat. Ich hatte Durst, und der Sitzplatz war nicht sehr bequem, aber ich blieb und wartete. Dabei wurde es 22 Uhr 33. »Quersumme 10, das ist ein gutes Zeichen«, kreiste es plötzlich in meinem Kopf herum.

Wir entscheiden nicht, was wir fühlen. Wir entscheiden zwar, daß wir dieses oder jenes tun werden, aber wir entscheiden nicht, daß wir lieben wollen. Dieses Gefühl entzieht sich dem Willen. Medea entschied sich gegen ihren Vater und gegen ihren Bruder, tötete die Geliebte ihres Mannes und sogar ihre eigenen Kinder, aber die Ursache für diesen Wahnsinn hatte ihr eine andere eingepflanzt. Die Göttermutter Hera hatte sie durch den Liebesgott dazu angestiftet, den Argonauten Jason lieben zu müssen, mit einem »schmerzbringenden Pfeil«, erzählt die Mythologie.

Ich versuchte, mich in der Gegenwart zu halten. Ein Clown war wohl gerade aufgetreten, es machte hui und peng und boing und zoom, und hi, hi, hi! Die Leute lachten und klatschten, sie waren fröhlich. Ein langer Tusch schepperte dumpf herüber, das Finale begann. Der abnehmende Mond lugte honiggelb aus einer Wolkengondel, träge und ein bißchen frivol. Ich verstand den Mond. Er war die Laterne in meinem Archiv.

Dante hatte sich in dem Bild gefallen, das ich von ihm hatte, und ich wollte, daß er sich ein Bild von mir machte, dem er ewig treu bleiben sollte. Anfangs belauerten wir die Abweichungen wie Partisanen und erfanden Strategien, die Differenz zum Original auszulöschen. Dante sagte, er möchte von mir neu geboren werden, und wenn ich mich verletzte, saugte er mein Blut. Ich kaufte ihm einen blauen Kaschmirmantel und Schuhe aus weichem Leder. Einmal schlug er vor, als Liebesbeweis, unsere Nieren zu tauschen. Das machte mir Angst, und ich schlief lange nicht bei ihm. Er fragte oft: »Was denkst du gerade?« oder »Wie fühlst du dich?« Er fragte hinterlistig, wie ein Dieb, und klaute mir so den Rest Anderssein. Irgendwann verweigerte ich ihm die Antwort. Ich wollte mich nicht mehr mit ihm teilen. Dann machte es mich irgendwann wütend, wie er lächelte, grau und gewöhnlich wie ein Kieselstein. Ich ertrug es nicht mehr, wie er redete, als kaue er immerzu dasselbe Stück Fleisch. Nähe verlangte er, unersättlich, noch mehr Nähe, mehr, mehr, mehr, grabschte gierig in mein Leben, fraß mein Lachen, meine Lust, mein Liebenkönnen, mein Denkenwollen. Warum machst du das? fragte ich ihn, aber Dante schwieg. Warum macht das einer?

Eines Tages dann badete ich sehr lange und bestellte mir anschließend ein Dutzend verschiedener Sommersträuße und vier Efeukränze, einen für jedes Jahr, rief die Anzeigenannahmestelle der Stadtzeitung an und gab ein schwarz umrandetes Inserat auf:

»Wir trauern um Dante und Rosa, niemand war sich näher als die beiden, sie haben sich ausgesoffen und aufgefressen.«

Und damit war es erledigt.

Der Himmel hatte sich weitergedreht und die dünnen Wolken vor den Mond gezogen. Das Honiggelb schimmerte wie durch einen Paravent. Ich fühlte einen kalten Schmerz im Nacken vom Hochstarren, fror ein wenig zwischen den Schultern. In der Luft raschelten Stimmen, verteilten sich wie Murmeln über den Platz, Schritte schleiften leicht über die Steine, Kinder rannten um die Wette, einige dehnten und streckten sich lautstark. Die Vorstellung war zu Ende.

»Rutschst du mal?« fragte eine Männerstimme, die ich nicht kannte. Vor Schreck juckte mir die Kopfhaut, und ich starrte ihn regelrecht an. »Wenn du nicht rutschst, rutscht gleich das Bier«, sagte er lächelnd, und seine Freundin unterstrich die Dringlichkeit mit den zwei Pappschalen voll dunkler Fleischstückchen in den Händen, die sie vor meinem Gesicht balancierte.

»Aber natürlich«, stotterte ich, »ich muß sowieso gehn, es ist ja auch schon spät, nicht?« Es wurde gerade 22 Uhr 45. »Quersumme 13, das ist kein gutes Zeichen«, dachte ich und fuhr in meine Wohnung zurück.

Auf dem Display blinkte eine »Eins«. Ich weiß nicht, wie lange ich vor dem Anrufbeantworter gesessen habe, bis ich das Band abhören konnte. Ich erinnere mich daran, daß ich die halbe Flasche Bordeaux ausgetrunken hatte, daß es draußen schon hell wurde und ich fror. Dann erst drückte ich auf die Taste: »Hier ist Rick« – hörte ich – »Es dauert doch etwas länger bei mir, tut mir leid, aber es ist etwas sehr Wichtiges, Persönliches und Unaufschiebbares, sehn wir uns trotzdem noch?« »Nein«, sagte ich erleichtert, »heute nicht mehr«, und legte mich in Annas Bett, meins war noch zugeschüttet mit meiner Garderobe.

3

DER SONNTAG BEGANN mit einem Desaster.

Nicht nur, daß unsere Trommeln und fast alle anderen Rhythmusinstrumente beschädigt bzw. zerstört worden waren, zwei Jungen aus unserer Gruppe, Spike und Kralle, beide fünfzehn, hatten sich die Gesichter blutig geschlagen, Marcel, gerade vierzehn geworden, hatte mir den Arm verdreht, und die gleichaltrige Lydia, ein körperlich sehr zartes Mädchen, mußte sich mit starken Magenschmerzen hinlegen.

Es hat nicht viel gefehlt, und ich wäre gekündigt worden. Die Heimleiterin war empört: »Das ist unverantwortlich, Rosa«, sagte sie, »die Kinder ohne vorherige Vorbereitung mit einer so großen Emotionalität zu konfrontieren!« Darauf Gerd, der Pädagoge: »Wie konntest du nur? Hast du alle Grundsätze vergessen? Diese Kinder können doch mit ihren Gefühlen gar nicht umgehn, mit schönen schon gar nicht und spontan erst recht nicht. Die fühlen sich bedroht davon, als hätten sie einen Alien im Körper.«

Jetzt begann wieder die Grundsatzdiskussion über Sinn und Unsinn im Heimalltag, die durch alle Abteilungen geht. Beate, die Heimleiterin, hielt mir meine vertraglichen Grenzen vor: »Du bist lediglich die Tanztherapeutin mit zwanzig Wochenstunden und keine Ersatzmutter.« Ich könne mit einer Gruppe da nicht so einfach ausscheren und Sonderprogramme machen. »Was ist mit den anderen 327 Kindern?« fragte sie. »Mach deinen Job und halt dich endlich mit deinen Gefühlen zurück.«

Aber dieser Gruppe war ich in einer besonderen Weise nahegekommen. Ich hatte in den letzten Monaten Nachtwachen gehalten, als Aushilfskraft zwar, aber trotzdem hatte ich ihnen zugehört, wenn sie aus Alpträumen aufgeschreckt aus ihren Zimmern geflüchtet waren und an meine Tür geklopft hatten, ich habe ihre Ängste gehört, und ich habe ihnen Umschläge gemacht, wenn sie fiebrig im Bett lagen.

»Das *ist* mein Job«, antwortete ich wütend, »den Kindern zu zeigen, daß man auch anders miteinander umgehen kann als nur reinhauen und abschieben. Wie sollen sie es denn sonst lernen? Mit eurem ewigen Mißtrauen etwa oder mit den klappernden Schlüsseln, wie im

Knast? Das ist eine Kühlhauspädagogik ohne Seele!«

»Jetzt bleib aber auf dem Teppich!« zischte Gerd zurück, wissend, daß die Kinder vor der Tür lauschten. »Wenn ein Chirurg jedesmal bei einem Krebs heulen würde, bräuchte er die Leute erst gar nicht aufzuschneiden. Natürlich müssen wir cool bleiben, diese Kinder sind uns als erstes zur Bewahrung anvertraut, dann erst – aber das auch nur vielleicht – zur Erziehung.«

»Diese Kinder brauchen Liebe«, sagte ich, »und irgend jemand muß damit anfangen und ihnen ein paar Träume schenken.«

»Liebe fängt zu Hause an. Wir haben schon genug damit zu tun, sie von ihrem alten Horror wegzukriegen, für neue Träume haben wir keine Zeit.« Damit beendete Gerd für sich das Gespräch.

Ich wußte, daß ich einen Fehler gemacht hatte. Theo und ich haben den wichtigsten Grundsatz des Taiko Do nicht bedacht: daß bewußtes Trommeln die »Geister« – die vergessenen Gefühle – ruft. Und daß ein Trommler sehr genau wissen muß, wer er selbst ist und was er von seinen »Geistern« will. »Andernfalls«, sagte einer unserer Lehrer, »werden sie dich, egal ob gut oder böse, auffressen.«

Es gibt einen ZEN des Trommelns, und den haben wir schlicht ignoriert. Und das war ein riesiger Fehler.

Dabei wollten wir nur ein traditionelles Übungsstück vorführen, »der Regen«, als Appetithäppchen quasi, und danach sollten die Jugendlichen selbst ihre eigenen Rhythmen suchen und sich koordinieren.

Ich hatte zwar, während Theo die Instrumente aufbaute, kurz den Unterschied zwischen Musik und Rhythmus erklärt – daß man Musik und Melodie mit der Zivilisation vergleichen könnte und Rhythmus mit dem Instinkt. Und daß Instinkte dem sogenannten Reptilhirn zugeordnet werden, also dem empirisch ältesten Teil in uns, das schon vor dem Wort existierte. Ich suchte nach einem modernen Bild, um das Höhlenhafte des Ursprungs zu erklären, und sagte: »Stellt euch vor, unsere Instinkte sind eine Art prähistorisches Internet, dann könnte man die Rhythmen mit E-mails unserer Ahnen vergleichen und das Reptilhirn mit einer chat lounge der Urgefühle.«

Zunächst sahen die Jugendlichen ziemlich interessiert zu, wie wir uns vorbereiteten, still wurden, sie waren erstaunt, welch einer Konzentration es noch vor der ersten Bewegung bedarf. »Wie bei jeder Beziehung«, erklärte

Theo, »nur daß hier die Trommel deine Freundin ist.«

Unsere Absicht war, ihnen zu zeigen, daß ein schmuckloser, roher Schlag erst durch das *Wie* zum Gesamtereignis wird. Sie sollten sehen, daß das *Wie* nicht bloß eine Verpackung ist, sondern die Fortführung des Wunsches, die Trommel zu berühren. Und daß es Arbeit bedeutet, geistige und körperliche, die jeder erst einmal für sich selbst leisten muß. Sie sollten es erleben, daß zusammen zu trommeln zwar Disziplin von jedem einzelnen erfordert, daß es aber ohne Aufmerksamkeit und Respekt füreinander unmöglich ist. Das alles war viel zuviel auf einmal, und es war dumm von mir, nicht an die versteckten Geister in den Kindern gedacht zu haben. Denn kaum hatten wir unser Stück beendet, griffen sich Marcel, Kralle und Spike einige Rumbakugeln und Blechtrommeln, hopsten, sprangen und tobten mit einer nie erwarteten Heftigkeit durch die Turnhalle. »Krass ey, wie Karneval in Rio!« brüllte Kralle. Nach zwei Runden in der Turnhalle randalierten die drei zuerst gegen die Mädchen, rempelten sie an, boxten sie zur Seite. Dann sprang Spike mit einem Tritt auf Theos Brust: »Hast schon mal die Arschkarte gezogen, du Japsenfan? Da haste se! Cool was?!« Und urplötzlich wurde aus Karneval Krieg, und es brach eine offene Schlägerei aus, bis der Hausmeister, Gerd und Beate zu Hilfe kamen.

Ich schämte mich, aus dem Büro hinauszugehn, ich ahnte, wie sehr die anderen Kinder enttäuscht sein müßten. Mike, Katja, Pia und Johanna warteten bedrückt im Gemeinschaftsraum. »Wir haben Theo geholfen, die Sachen sind im Auto«, sagte Pia. Ich bekam gerade noch ein »Danke« heraus, mir standen da die Tränen in den Augen.

»Ey, Rosa, alles o. k.?« fragte Mike, ein artistisch hochbegabter Junge.

»Nein«, antwortete ich.

»Kommst du morgen wieder?« Katja rutschte blaß in den Sessel.

»Es tut mir leid«, sagte ich, »es tut mir unendlich leid, ich hab Mist gemacht, einen Riesenhaufen Mist.«

Und da passierte etwas wie ein Geschenk. Johanna, ein schwer traumatisiertes, dreizehnjähriges Mädchen, erst seit zwei Monaten in der Gruppe, die bisher mit niemandem sprechen wollte, fragte leise wie ein Küken: »Kommst du trotzdem wieder, Rosa?«

Nach einer Überraschungssekunde rief Mike ehrlich begeistert: »Ey, geil, ey, du kannst ja reden!« Pia umarmte Johanna, Katja applaudierte und wir alle mit. »Natürlich komme ich wieder«, versprach ich, »mich werdet ihr so schnell nicht los.«

Im Innenhof rief ich Anna an, sie schwirrte vor Freude, ihr Vater hätte gerade zwei Schafe vom Bauern abgekauft. Sie durfte die Namen aussuchen, und gleich wollten sie die beiden taufen. »Immi und Mimmi heißen sie jetzt, und sie sind total kuschelig und super süß«, gluckste sie. »Ich wünschte, du wärst jetzt hier, und wir könnten zusammensein.« Bei diesem Satz wird sie immer, schlagartig, tieftraurig, egal, ob sie ihn von ihrem Vater aus mir ins Mutterohr sagt oder ob sie ihn von der Mutter aus ins Vaterohr flüstert. Ich versprach, sie morgen wieder anzurufen und sowieso auf ewig liebzuhaben.

Vor dem Tor lehnte Theo am Auto und rauchte. Ich wollte mich bei ihm entschuldigen, schließlich hatte ich ihn zu dieser Übung überredet, aber er winkte ab. »Nee, laß man«, sagte er, »da hänge ich genauso mit drin. Man kann abgeschobenen Kids nicht erklären, daß nur eine ›selbstlose Kraft zum optimalen Klang führt‹. Für die bedeutet Demut erst mal Demütigung und sonst nix. Da hat Theo Scheiße gemacht. Und vielleicht macht er jetzt einen noch größeren

Haufen, aber ich sag's dir trotzdem, da drüben wartet einer auf dich.«

Rick! Es war Rick. Er saß in seinem Auto und sah zu uns herüber. Theo schnipste die Zigarette verächtlich in seine Richtung. »Frag ihn doch mal, was er gestern abend im Stadtgarten gemacht hat«, sagte er und fuhr weg, zurück zum Hof. »Das werde ich ganz sicher tun.« Und diesmal schlug kein Gong ein, diesmal zog es sich im Magen zusammen.

Es war später Nachmittag, aber die Situation hatte etwas vom Duell um »Zwölf Uhr Mittags«. Er stieg langsam aus dem Auto und nahm die Sonnenbrille ab. Mir schien, als hätte er sich verändert, als wäre er weniger breit und äußerlich. Er hatte einen hellen Leinenanzug an, darunter ein schwarzes T-Shirt. Er wartete. Ein Auto fuhr vorbei, ein paar Vögel zwitscherten zwischen den Bäumen hin und her, eine Straßenbahn rauschte in der Nähe durch den Tunnel. Er drückte auf die Fußgängerampel. »Jetzt ist es grün«, sagte er, »du kannst rüberkommen.«

»Du auch«, sagte ich und blieb. Das Ampelmännchen sprang zurück auf rot. Wieder passierte nichts. Wir warteten. Die Hitze hatte sich etwas verzogen, und ein leichter Wind klebte den Rest wie Blütenstaub auf die Haut, in den

Fenstern spiegelte sich bernsteingelb das späte Licht.

Rick lehnte an seinem Auto, die Hände in den Hosentaschen, den Blick abwesend über den Dächern. Nach einer Weile kam er langsam auf mich zu, blieb auf der Straßenmitte stehen: »Du hast gestern nicht angerufen«, sagte er.

»Und du warst nicht auf dem Neumarkt«, antwortete ich leicht geschnitzt.

»Doch. Hast du denn dein Band nicht abgehört? Ich war da, aber leider zu spät, so gegen 10 vor 11. Der Ballonverkäufer sagte, du seist gerade weggefahren, es tut mir leid. Der Termin dauerte länger.«

»Wo?« fragte ich

»Im Stadtgarten.«

»Mit wem?«

»Mit meiner Schwester.«

Ungewöhnlich, dachte ich, wieso treffen sich Geschwister mitten in der Nacht. Mir fiel keine Antwort ein, aber es schien mir auch nicht so abwegig, daß sich Bruder und Schwester miteinander unterhalten wollten. Also ging ich ihm die andere Hälfte des Weges entgegen.

Jetzt standen wir uns auf der Trennlinie gegenüber, näher als zu Beginn, aber immer noch auf der Hut vor dem anderen.

»Du hast ja die Ohrringe nicht an.«

»Nein«, sagte ich.
»Warum?«
»Ich mag keine Perlen, die sind mir zu finster.«
»Gut, kein Problem, ich bin flexibel. Was willst du dann?«
»Klarheit«, sagte ich.
»Ich stecke gerade in einer richtigen Schlammschlacht um viel Geld und um die Kinder. Wie es eben bei Scheidungen so zugeht. Meine Schwester und mein Schwager sind Anwälte, und deswegen mußten wir gestern abend noch einige Details klären. Reicht das?«
»Ja, für jetzt schon«, antwortete ich.
»Tut es weh?« Er deutete auf die Bandage an meinem Handgelenk.
»Es geht«, sagte ich.
Er lächelte und kam näher: »Was machen wir jetzt?«
Das war ein schöner Satz, und er roch gut. »Ich will weg von hier«, antwortete ich.
»Dann komm«, sagte er und nahm meine Hand. Wir gingen zum Wagen, und er öffnete die Tür. Sein Ringfinger war leer.
Theos Frage »Warum gerade er« schoß mir durch den Kopf und Ricks Satz: »In unserem Alter hat man schon ne Menge Miese auf dem Konto«, aber kein Satz von mir paßte in diese Kette.

»Danke für die wunderschönen Blumen«, sagte ich, »sie sind göttlich.« Er lächelte, und sein blauer Blick entspannte sich.

Selbst wenn wir in jedem Augenblick die Summe aller unserer Erfahrungen sind, so ist doch jeder Augenblick noch unberührt und nicht vorhersehbar.

Eigentlich wollte ich ganz anders reagieren, aber ich wurde verlegen wie beim ersten Rendezvous. Und alle Vorhaben und Absichten verzogen sich ins Innerste, als gäbe es eine Gravitation der Seele. Als wäre dieses Innerste ein eigenes Universum mit einer eigenen Raum-Zeit-Dimension.

Ich rutschte in sein Auto und wollte wegfahren von diesem Platz, wollte ankommen an einem anderen Ort, um dort zu verschwinden in eine andere Schwerkraft.

Als dann allmählich die untergetauchten Fragen und Absichten wieder in meinem Kopf sichtbar wurden, lagen wir eng und verschwitzt auf der Dachterrasse seines Hotels, die Domtürme gegenüber, in grüne Handtücher eingewickelt. Der Mond flirrte wie ein Fetzen Goldfolie auf dem teerschwarzen Rhein, und am Ufer tanzten Schatten einer Restgruppe der CSD-Parade in einer Techno-Wolke vorbei.

Rick erzählte, daß er eigentlich seit mehreren Jahren mehr oder weniger in Trennung lebt, seine Frau aber nun beschlossen hätte, die Scheidung einzureichen.

»Warum«, fragte ich, »weißt du, warum deine Frau nicht mehr will?«

Er antwortete sicher, ohne falschen Ton: »Sie hat sich verändert, sagt sie, und ich wäre stehengeblieben.«

»Und stimmt das?«

»Na ja, wie man's nimmt«, sagte er, »kein Mensch bleibt so, wie er ist. Natürlich habe ich mich auch verändert, aber eben nicht genug. Nicht genug für Marie. Zuerst habe ich es ihr noch beweisen wollen, wollte mit ihr mithalten, aber das machte sie noch wütender, dann lief es ne Weile ruhig vor sich hin. Wegen der Kinder hätte ich auch noch weiter durchgehalten, aber Marie wollte nicht mehr. Und jetzt ist es vorbei. Ich glaube, Kinder machen Frauen stärker und uns Männer schwächer. Und ich habe das Gefühl, das die Frauen heute strenger mit uns sind als früher.«

Ich beneidete ihn, er schien fertig zu sein mit seiner Liebe, ohne Beschädigung. Ich dagegen hatte 15 Jahre lang die Zeit angehalten, als wäre das Leben ohne mich weitergegangen. Als hätte es keine Zwischenzeit gegeben, die Dantes Bedeutung hätte verändern können.

»Das hat nichts mit ›strenger‹ zu tun«, sagte ich steif. »Ich glaube, der größte Unterschied zu früher besteht darin, daß Frauen die Kinder heute nicht mehr aus Liebe zu Mann und Vaterland kriegen. Sie kriegen die Kinder für sich selbst, als Bestätigung ihrer eigenen Liebesfähigkeit und Selbstbestimmung.«

»Was soll das heißen, haben wir denn keine Rechte mehr?«

»Rechte habt ihr doch schon immer mehr als genug gehabt, aber die Pflichten habt ihr ignoriert. So, als hättet ihr einen selbstverständlichen Anspruch auf unseren Körper. Habt ihr aber nicht.«

»Feministin, was?«

»Ich würde eher Menschenrechtlerin sagen.«

»Und was ist mit meinen Rechten? Wie ein Idiot bin ich am Freitag durch den Flughafen gelaufen, weil Marie plötzlich entschieden hat, daß Paula jetzt nicht zu mir soll. Gibt es denn keine Vaterrechte?

»Doch, gibt es. Die will dir auch keiner nehmen«, antwortete ich. »Aber ich will, daß ihr endlich aufhört, die Frauen als eure Rippe zu betrachten, als euren Ableger, zuständig für Küche und Kinder. Und wenn nicht, gibt es eben keine Kompromisse mehr.«

Nach einer Pause sagte er in einem festen Ton: »Sag nicht euch, wenn du mich meinst«, fragte aber dann gleich wieder versöhnlich, ob ich denn auch Kinder hätte. Ich erzählte ihm von Anna, daß sie jetzt bei ihrem Vater ist, mit dem ich sieben Jahre verheiratet war, und daß ich seit fünf Jahren geschieden bin.

»Vielleicht«, sagte ich, »wachsen unseren Kindern ja irgendwann Flügel, aus reiner Not, damit sie ihre Eltern sehen können, wann sie wollen – Mutation der Scheidungskrüppel –, und ihre Erzeuger suhlen sich in immer neuen Liebschaften.«

»Nein, bitte, das hier ist gerade so schön, laß es bitte für fünf Minuten.«

Es war wirklich schön, so hoch über der Erde, wie in einem Nest. Ein Zimmer in der Luft und unverbraucht. Und ich mochte bleiben, und ich mochte diese Rosa. Sie suchte keine alten Filme im Kopf, wollte nichts aufsparen für später, nur so sein, ohne Zensur. Ich fragte Rick, warum er sich in Autos verkriecht.

»Ich nehme an, weil Autofahren ein klasse Grund dafür ist, nur auf die Straße sehen zu müssen. Vielleicht auch, weil es ein bequemes Versteck ist. Außerdem ist man immer in Bewegung, auf dem Weg nach irgendwohin, und bleibt nur stehn, wenn's unbedingt sein muß.«

Das gefiel mir nicht, es klang wie der nimmermüde Marlboromann, und plötzlich störte mich unsere Nacktheit. Lust hat immer etwas Lächerliches im nachhinein und verliert sich, wenn sie nicht im Kopf weitergeht, als wäre sie nie gewesen.

»Bloß nicht greifbar sein, nicht? Oder nicht begreifbar und schon gar nicht angreifbar?« Ich zählte die Worte wie Memory-Karten.

Er überlegte. »Ist sicher was dran, natürlich steckt in der PS-Zahl und in dem getönten Glas etwas Spekulatives. Aber was hast du dagegen? Alles ist spekulativ.«

Typisch, dachte ich, und steckte zwischen seinen Worten fest. »Das ist zynisch«, zischte ich und versuchte, mich aus seiner Enge zu lösen.

»Bleib«, sagte er und hielt mich fest, und ich ließ mich festhalten. »Das ist nicht zynisch. Alles basiert auf Erwartungen, du erwartest, daß die Kids etwas lernen von dir, aber die erwarten von dir genug zu essen und etwas Liebe. Und beides erfüllt sich nur zu einem kleinen Teil, wenn überhaupt. So ist die Wirklichkeit – spekulativ.«

»Nein, das ist die Börse, aber Menschen sind keine Aktien«, sagte ich verärgert, rührte mich aber trotzdem nicht von ihm weg.

»Bitte jetzt nicht das Gute-Mensch-Programm. Ich habe selbst erlebt, daß es nicht funktioniert. Meine Mutter hat schon Anfang der Sechziger zwei Pflegekinder aus dem Heim zu uns genommen, einer davon ist KB, der König vom Kiez, der mich vorgestern eiskalt zusammengeschlagen hat, mein eigener Adoptivbruder.«

Seltsamerweise war ich weder überrascht noch abgestoßen und fragte, damit er weiterredet: »Wer ist der andere?«

»*Die* andere ist Inge, meine Anwältin und Schwester, die unter anderem jetzt auch das Geschäft unserer Eltern führt.«

»Was ist denn daran spekulativ?« sagte ich, »das sind doch zwei begreifbare Biografien, greifbar und angreifbar. Aber nicht spekulativ.«

»Aber eure Erwartungen sind es!« Er sagte das so, als hätte er die undichte Stelle im Schlauchboot gefunden.

Ich verstand nicht, wen er mit »eure« meinte.

Er wurde verlegen. »Es tut mir leid«, sagte er, »meine Mutter glaubt wie du felsenfest an das Gute im Menschen. Und ich glaube das nicht, ich glaube, daß wir das nicht mal wollen, weil es nicht geht. Das erfordert zu viel Disziplin, aber der Mensch amüsiert sich lieber. Ich mich auch. Kein Mr. Jekyll ohne Mr. Hyde.«

»Und welcher von beiden bist du?«

»Keiner von beiden«, flüsterte er und legte meine Hand auf seine linke Brust. »Spürst du's? Das saß verdammt lange auf der Ersatzbank, jetzt trainiert es gerade wieder mächtig, mit einer Riesenlust. Mit dir kriegt dieser Wahnsinn etwas Schönes.« Er legte das große Badetuch um unsere Schultern. »Sieh mal, die Brücke da gäb es nicht, wenn es das andere Ufer nicht gäbe, erst die andere Seite macht den Fluß möglich, erst die andere Seite, verstehst du? Und du bist jetzt meine andere Seite, und zusammen sind wir ein Gesamtkunstwerk, eben etwas Schönes.«

Es war schön, etwas Schönes zu sein, und ich ließ mich wieder zurück ins Handtuch wickeln, und wir verschwanden darin, als hätten wir uns wieder gefunden.

Der Mond hing wie ein verbeulter Lampion an der dunklen Domspitze, um uns herum blinkten die Großstadtlichter wie Signale aus einer anderen Welt: da die blaue Schrift einer Tankstelle, dort orange, rote, grüne Reklameschilder der Altstadt-Restaurants, dazwischen das weiße Licht aus Boutiquen und Schmuckgeschäften.

Ich konnte mir keinen anderen Ort außerhalb dieser Terrasse vorstellen, der geeigneter gewesen wäre für diesen Moment und für dieses eine Wort: »Bleib.« Ein gutes Wort, leicht wie Schnee. Ein Wort, an dem ein ganzer Mensch hängt, ein Wort, das einen Platz anbietet und verschont, wie ein himmlischer Kapitän.

Dann aber rauschte ein Echo in mein Hirn: »Ich muß nach Stuttgart, am Donnerstag.« Das war Ricks Stimme. Was? Mir juckte die

Kopfhaut vor Schreck. Was hatte er gesagt? Ich stellte mir vor, ich wäre irgendein Pelztier und hätte das einfach nicht verstanden. Pelztiere frieren nicht und sind stark und verstehen solche Worte nicht. Ich überlegte, welches Pelztier ich am liebsten wäre. Derweil trank ich mein Glas leer und zog mich an. Welches Fell würde mir am besten stehen? Ein Pantherfell vielleicht, aber ich mag das Konspirative der Katzen nicht. Wie wär es mit einem Bärenfell? Von einem kleinen Bären natürlich, der auf Bäumen herumklettert. Ja genau, ich stellte mir vor, ich bin ein Pandabär und hätte das mit Donnerstag und Stuttgart gar nicht verstanden.

»Hörst du?«

»Was denn?«

»Daß ich weg muß.«

»Ach ja?«

»Ja, leider, aber nicht lange, vielleicht eine Woche.«

»Eine Woche« verstehen Pandabären auch nicht.

»Ein neues Sportcoupé muß in den Crashtest, wär übrigens ein schönes Auto für dich«, sagte er.

So was versteht erst recht kein Bär.

Er streckte sich, ordnete das Handtuchdurcheinander glatt. »Ich will, daß du mitkommst.«

Was war das? Das klang wie »bleib«, und »bleib« verstand ich sowohl mit Verkleidung als auch ohne. »Ich hätte nicht gedacht, daß du das sagst.«

»Ich auch nicht«, erwiderte er, »aber es wäre schön, danach habe ich ein paar Tage frei, und wir könnten ans Meer fahren, in Den Haag gibt's ein tolles Steigenberger direkt am Strand.« Er sprach, als würde er die Idee abschmecken wie ein Koch, dabei klopfte er auf den Platz neben sich: »Na komm, leg dich wieder zu mir.«

»Wegfahren« oder »wieder hinlegen«, beides bedeutete, zusammen aufzuwachen. Aber seit Dante habe ich das vermieden, selbst während der Ehe. »Nein, ich muß gehn«, sagte ich.

Ich hatte mich zuletzt geschämt, derart arglos und blind dazuliegen, wie ein Haufen loses Fleisch, wie tot. Dante hatte oft mit dem Tod gespielt, zu jeder Gelegenheit, auch nachts. Leben sei doch nur Versteck spielen mit dem Tod, sagte er. Einmal im Urlaub raste er wie besessen die Küstenstraße vor Tanger abwärts, skandierte: »Wer hat Angst vorm schwarzen Mann?« Ich sagte nichts, hielt nur meinen Bauch fest. Der gelbe Staub wirbelte durch die Fenster in die Augen, ich hörte, wie spitze Steine von den

Reifen wegplatzten, das Campinggeschirr durch den Bus schepperte. »Wer hat Angst vorm schwarzen Mann?« wiederholte er, Möwenkreischen, Motorengeheul, ich hörte, wie das Türblech an der Seitenplanke entlangschrammte, er lachte, wir wurden nach links in den Berg geschleudert und wieder zurück an den rechten Straßenrand, rutschten eine endlose Zeit auf zwei Reifen über den Abgrund, bis wir schließlich wie ein Geschoß in einen Steinhaufen prallten. Dante applaudierte. »Bingo! Gewonnen!« Ich spürte das Handschuhfach an meinem Bauch. Dann kroch ich aus dem Fenster, nahm meine Tasche und ging allein zum Schiff hinunter. Von meinen Beinen tropfte Blut. Ich dachte, es wird gleich aufhören, ist sicher nur äußerlich, aber ich blutete lange, so lange, bis nichts mehr drin war in mir, blutete, bis ich ausgeschabt und wieder leer aus der gynäkologischen Abteilung entlassen wurde.

»Einen Penny für deine Gedanken«, sagte Rick, und ich zuckte zusammen, als er mich von hinten umarmte. »Also, was denkst du?« Er war unverschämt gutgelaunt, drückte uns ineinander, machte neue Lust: »Rosa und Rick, hört sich doch gut an«, flüsterte er, »bleib da.«

Ich stotterte irgend etwas von nein, geht nicht,

muß nachher noch ins Heim und noch einiges andere.

Breit grinsend wickelte er das Handtuch um die Hüften: »Na, komm schon, sag ja, wir sind ein tolles Team.«

Ich fuhr nach Hause.

4

Für den Montag finde ich keinen Anfang mit meinen eigenen Worten.

»Das war meine letzte Liebestat«, hatte die Dichterin Sylvia Plath ihrer Mutter gesagt, als sie nach ihrem zweiten Selbstmordversuch gerettet wurde. Zehn Jahre später hat sie es wieder getan, da kam jede Hilfe zu spät.

Vielleicht ist der Verstand eines Menschen tatsächlich restlos manipulierbar, aber ganz sicher niemals sein Verlangen, davon bin ich überzeugt. Vielleicht werden Kinder bald von Maschinenbäuchen ausgetragen, aber wenn diese Kinder Wesen sind wie wir, werden sie auch weiterhin als erstes und vor allem *Liebe* von ihren Eltern verlangen.

»Wenn dir keiner aufmacht, dann gibt's dich auch nicht«, hatte Katja gesagt und: »Ist doch besser, du bist tot, als daß du immer vor geschlossenen Türen stehst.«

Selbst wenn man alle Ursachen ergründen und beschreiben könnte, die eine Seele zerstört haben – für das Ausmaß der Zerstörung reicht die Sprache nicht aus, dahin reicht kein Wort.

Katja hatte verzweifelt nach Gründen gesucht, sich *nicht* umzubringen. Deshalb hatte sie jeden zweiten Tag bei ihrer Mutter geklingelt.

Es gibt Kinder, die zwar sehr darunter leiden, kein Zuhause zu haben, aber sie wollen trotzdem nicht mehr mit ihren Eltern leben. Bei Katja war das anders. Sie wollte zurück. Sie hing an ihrer Mutter wie angenäht, trug ständig ein kleines Photoalbum bei sich, mit Bildern ihrer Mutter, und blätterte darin wie in einem Gebetbuch. Ihre Mutter wäre eine Künstlerin gewesen, erzählte mir Katja einmal, »Dana« sei ihr Künstlername gewesen.

In den Akten des Jugendamts dagegen steht, daß sie unter dem Namen »Dana« in den Siebzigern als Go-go-Girl in Hannovers Nachtlokalen aufgetreten ist. Sie war begehrt. Eine schöne, großzügige Frau, die mit Alkohol, Tabletten und anderen Drogen noch großzügiger wurde. Zunächst zählten nur die Prominenten und Reichen zu ihren Stammkunden, die sie nach durchzechten Nächten in ihre Hotelzimmer begleitete.

Mit Ende Zwanzig arbeitete sie als Call-Girl, später, ab Mitte Dreißig, auf dem sogenannten Taxistrich, für zwanzig, dreißig Mark pro Kunde. Von klein auf hatte sie Katja mit Valium ruhiggestellt, damit sie nicht unerwartet aufwachte und einen ihrer Kunden verjagte.

Beate, Ulla und Gerd hatten die Kinder im Gemeinschaftsraum versammelt, und Gerd bemühte sich wie ein Polizeisprecher um einen nüchternen Ton: »Katja ist von der Deutzer Brücke gesprungen und hat sich beim Aufprall auf das Wasser das Genick gebrochen, Genaueres wird eine Obduktion ergeben.« Es blieb lange still. Die Mädchen und Mike weinten in sich hinein. Nach einer Weile trommelte Spike auf den Tisch und versuchte sich an einem Rap: Katja ist tot, echt tot, bunjee jumping ohne Seil, das macht nur eine mit nem Knall! Ulla schrie ihn an und entschuldigte sich gleich darauf.

Marcel, sein Freund, saß bleich in der Ecke und wippte stumpf vor sich hin: »Die wär sogar durchs Schlüsselloch gekrochen, die wollte wiedergeboren werden, die wollt'n neues Leben, aber niemand wollt sie haben, niemand hat sie vermißt.«

Ich erinnere mich nicht mehr an jede Einzelheit, nur, daß ich hereinstürmte, wütend und verbittert, und Gerd völlig unkontrolliert angeschrien habe: »Sag mir, wo diese verwichste Schlampe wohnt, die sich Mutter nennt, oder dieser versoffene Schwanz von Vater?! Denen muß man den Prozeß machen, wegen geistiger Verrohung. Diese Eltern müssen erst einmal selbst erzogen werden, bevor man sie auf eigene Kinder losläßt!« Beate drohte mir mit einem Verweis. Aber sie konnte mich nicht zurückhalten: »Los, Kinder!« brüllte ich, »geht raus und zeigt eure Eltern an, es ist euer Recht, sie müssen euch lieben, und sie müssen euch beschützen!« Dann schob mich Gerd vor die Tür und redete auf mich ein, ich solle endlich aufhören mit dem wirren Gerede: »Siehst du denn nicht, daß die Kinder unter Schock stehen?«

»Natürlich sehe ich das«, rief ich atemlos, »Katja ist für sie mitgesprungen, und sie sind geschockt, weil sie wissen, daß einer von ihnen der oder die nächste sein kann.«

»Eben«, schnaubte Gerd, »eben, darum laß sie jetzt in Ruhe!«

»Nein, das werde ich nicht tun«, erwiderte ich zornig, »Katja ist seit ihrer Geburt ruhiggestellt worden, und wohin hat sie das gebracht? Sie müssen sich wehren, um zu begreifen, daß nicht *sie* Schuld sind an ihrer Situation, sondern ihre ignoranten, verblödeten Erzeuger!«

»Und was haben sie davon, wenn du ihnen auch noch den Teppich unter den Füßen wegziehst?«

»Eine Chance, neu anzufangen«, antwortete ich, wissend, daß niemand in der Gesellschaft darauf eingestellt ist. Niemand hat die Zeit dazu. Aber Kinder brauchen Zeit, und sie wünschen sich, gewollt sein. Es ist ein Urwunsch, mit dem sie geboren werden und der bleibt, ohne ihr Zutun. Katja wollte nur die ersten vierzehn Jahre ungeschehn machen, um endlich neu anfangen zu können.

Gerd ging zurück zu den anderen. Ich setzte mich auf die Treppe, suchte nach Worten und Sätzen, um genug Vorrat zu haben, wenn ich »Dana« begegnen würde. Ich wollte ihr sagen, daß es ohne aktive Fürsorge kein Wachsen gibt und kein Leben, daß das Leben ihres Kindes nicht nur das Kind angeht, sondern daß das Kind eine lebendige Liebe braucht – bräuchte – gebraucht hätte –.

Katja ist tot.

Ich versuchte diese Gedanken zu verfolgen, so als könnte ich sie noch irgendwo wiederfinden. Dabei kam mir die Erinnerung bereits merkwürdig leer vor, es fehlte die Angst um sie. Sie fehlte schon am Neumarkt, sie fehlte in der Gruppe, jetzt saß eine Siebenergruppe um den Tisch:

Lydia, Pia, Johanna, Mike, Spike, Kralle, Marcel. Bald würde ein neues Kind eingewiesen, und ihr leeres Bett wäre wieder besetzt. Wie schnell das Vergessen beginnt, rieselte es mir fassungslos durch den Kopf. Selbstmord ist die zweithäufigste Todesursache von jungen Menschen, und niemanden empört das wirklich. Ich fühlte mich wie eingezwängt in einen Alptraum mit verwahrlosten Kindern, die vor meiner Unfähigkeit flüchten, und ich mutierte in meiner Phantasie zu einer Monsterfassung von Dana, die ihre Köpfe wechselte wie ihre Perücken. Ich nahm mir vor, diese Frau aufzusuchen, das war ich Katja schuldig.

Ich wünschte mir Katja zurück. Ich wünschte, sie sollte das Meer riechen und sich im warmen Sand wälzen, die Beduinen in der Negev erleben, die keine Türen und Schlösser kennen, die Warteschlangen vor Madame Tousseau in London oder vor der National Galerie. Ich wünschte, sie hätte die verschiedenen Sonnen gesehen in Rom, Jerusalem oder in Istanbul.

Mir wurde kalt am Kopf, als würden mir die Haare weggesaugt. Ich dachte an Anna, an mein eigenes Kind. Ich wollte ihre Stimme hören, sofort, als Beweis, daß mein Gedächtnis noch etwas taugte und sehr wohl noch Lebendiges gespeichert hat. Ich wollte hören, wie Anna sich glucksend über die Schafe beschwerte, die sich nicht reiten ließen. Ich wollte hören, daß ich eine Mutter bin, vor der ihr Kind nicht abhauen will. Ich übersprang mehrere Stufen, damit es schneller ginge, rutschte dabei vom letzten Absatz ab und geradewegs in Ricks Beine. Er stand dunkel im Eingang, umrandet vom blaßgelben Tageslicht, das von draußen hereinschien. Er hatte es soeben im Radio gehört und wollte mir sagen, daß es ihm leid täte. »Wie geht es dir?« fragte er.

»Wie kann Gott uns zu seinem Ebenbild machen und dann ein vierzehnjähriges Mädchen ins Wasser springen lassen? Ist das ein Irrer?« fragte ich zurück.

»Das frag mal besser Katjas Eltern«, sagte er.

»Von wegen Eltern!« sagte ich. »Dazu gehören Vater und Mutter, aber der Samenspender hat sich ja schon am Anfang verdrückt. Wann hast eigentlich du das letzte Mal deinen Kindern ein Märchen vorgelesen?«

»Was soll das?« wehrte er ab.

»Wie oft sprichst du mit ihnen oder hörst ihnen zu?«

»Das geht dich nichts an!«

»Und ob mich das was angeht, und ob!«

Ich ließ nicht nach, er sollte mir stellvertretend für sein ganzes Geschlecht Rede und Antwort stehen.

»Nun sag's schon: Wie oft bist du zu Hause, wie oft bringst du deine Kinder in die Schule, zum Arzt oder zum Turnverein? Oder sagst ihnen, daß du sie liebst? Wie oft kochst du ihnen etwas zu essen oder nimmst sie in den Arm? Los, sag's mir. Wie oft?«

»Laß das!«

»Nein, laß ich nicht! Sich kümmern ist mehr als ein mechanischer Vorgang, das ist wie ein Bodyguard, der dich beschützt. Also, wie oft?«

Aber er entzog sich. Ich spürte seinen Ekel gegenüber derlei Fragen. Dieser alltägliche Kleinkram, dachte er wie Annas Vater, wird von den Frauen schlicht überbewertet. »Nicht oft genug, ich weiß«, er sprach wie ein Nervenarzt zu einer durchgeknallten Patientin. »Komm jetzt, beruhige dich erst mal.«

Ich verachtete ihn. Auch sein Verantwortungsgefühl umfaßt lediglich die Theorie des Alltags, nicht aber die praktische Umsetzung und aktive Mitarbeit. In seinem Blick sah ich die Blicke meines Vaters, Dantes, Theos, die von Annas Vater, platte Plattheit, dachte ich, riß mich los und rannte zur Telefonzelle.

Annas Freude wirkte wie ein Freispruch. Sie verhaspelte sich immerzu, so eilig hatte sie es, ihre

Neuigkeiten loszuwerden: Sie hätten gerade alles zusammengepackt und wollten zum Badesee, und sie hätte schon ein Eis gegessen, die Nachbarskinder Barbara und Jakob dürften auch mit, und der Papa wär so lieb und die Schafe so süß, und sie hätte mich auch über alles und ganz doll lieb. Ich fragte, ob sie denn an Sonnenhut und Sonnencreme gedacht hätte. »Alles schon eingepackt!« jauchzte sie. Ich wünschte, daß sie nie erfahren möge, wie es ist, wenn diese Freude fehlt.

Rick stand wieder aufgeräumt neben mir, rupfte ein Gänseblümchen vom Blumenkasten: »Na, hast du es dir überlegt?«

»Da gibt's nichts zu überlegen«, sagte ich, »ich muß weg.«

»Du kannst niemanden retten, der nicht gerettet werden will«, rief er mir hinterher, und ich fand, er sah aus wie sein Auto, breit, flach und aerodynamisch. Ich blieb stehn, drehte mich um, und danach folgte eine typische Standpunktdiskussion.

Ich: »Na klar, immer noch der prähistorische Zynismus: jeder ist seines Glückes Schmied! Was? Leicht gesagt, wenn man selbst nie Not erlebt hat. Euer Darwinismus kotzt mich an!«

Er: »Hör doch auf mit dem Sozialgewäsch! Das funktioniert wie überall nach den Gesetzen der freien Marktwirtschaft: die Nachfrage regelt das Angebot. Die Kids wollen sich zudröhnen!«

Ich: »Ja, aber warum? Warum ziehen sie den Deckel zu? Weil sich keiner um sie kümmert, weil sie keiner will!«

Er: »Du kannst sie aber nicht alle adoptieren. Die wollte schon keiner, als sie gezeugt wurden – und plop, liegen sie im sozialen Müll! Nur die wenigsten schaffen es, aber nicht wegen dir oder mir, sondern weil sie selbst stark genug sind!«

Ich: »Und was machst du mit denen, die zu schwach sind? Einfach krepieren lassen?«

Er: »Du wirst sie leider nicht zurückhalten können, wie du an Katja siehst.«

Ich hätte Schlamm über ihn schütten mögen für diesen Satz oder die Erde aufreißen, damit er verschwindet. Ich merkte nicht einmal, daß ich versucht hatte, ihn zu ohrfeigen. Er drückte mir den Arm zurück, den ich seit dem Vortag kaum bewegen konnte. »Du hast mir weh getan«, zischte ich durch die Zähne.

»Du mir auch«, sagte er.

»Dann sind wir ja quitt«, sagte ich und ging weg.

Ich fuhr den Gürtel entlang in Richtung Uniklinik – Innenstadt, staunte, daß die Ampeln noch schalteten, daß die Menschen noch auf ihren

Beinen liefen und die Bäume noch immer grün waren. Nichts hatte sich verändert. Mir fiel eine Schwangere auf, die ihr vielleicht zweijähriges Kind in der Karre vor sich herschob, genüßlich ein Eis schleckend, den Kopf in die Sonne gestreckt. Ich notierte blicklos, daß das Leben ohne die Toten weiterlebte, als wären sie nie geboren worden. Und kein Aufschrei würde die Zeit zurückhalten. Nur die Zeit selbst überdauert die Zeit. Wir aber sind bloß Gaffer, Ahnungslose, Betrogene.

Theos Nachbar, ein Pensionär und ein fleißiger Hobbygärtner, liebte Gartenzwerge. Er soll über hundert Stück gesammelt haben. Im akkurat gepflegten Vorgarten standen immer seine »großen Jungs«, fünf kindsgroße, weißbärtige, rotmützige Statuen. Drei auf der linken Seite, zwei auf der rechten Seite. So um Ostern herum stellte er sie hinaus. Dann war er blitzartig vor zwei Jahren krank geworden. Alzheimer. Seine Erinnerung verschwand, sein Wissen, seine Instinkte. Sein Gedächtnis verlor das Licht, es blieb ihm nichts mehr übrig. Er starb im Herbst. Die »großen Jungs« wurden ins Winterquartier gestellt. Der Winter kam, und es wurde Ostern. Und siehe da, der Garten blühte wieder genau wie im Vorjahr, und die Zwerge standen exakt an derselben Stelle, wo er sie, solange er lebte, seit über vierzig Jahren plaziert hatte. Theo sagte: »Das ist Betrug, alles ist geblieben wie es war, und der alte Mann fehlt nicht einmal.«

Ein Krankenwagen überholte mit Blaulicht, bog am Pfeil »Unikliniken« die Straße rechts ab. Ob der vielleicht ins Haus 16 fährt, dachte ich. Im Haus 16 wird ständig gestorben, an Krebs und an Aids. Ich versuchte, mir ein Sterbezimmer vorzustellen, stumpf und voll Krankheit, die weißen Laken glattgezogen, wie eine Schneelandschaft, die weißen Wände schmucklos und ohne Zuversicht, mittendrin ein Stilleben aus Schnittblumen, Spucknäpfen und Schneuztüchern. Wie das alles SCH machte und flüsterte! Mit Kranken spricht man leise, neben Todkranken muß man aber ganz still sein, hatte meine Oma gesagt.

Ciydem, ein türkisches Mädchen, das uns gegenüber gewohnt hatte, war damals Erstkläßlerin wie ich, als sie Blutkrebs bekam. Über zwei Jahre hinweg verwandelte sich das großäugige, quirlige Mädchen zu einem unbeweglichen, röchelnden Wesen, das nicht mehr hören, sehen, sprechen und gehen konnte. Der Krebs hatte ihr alles Lebendige weggefressen. Zuletzt konnte sie nur noch den Zeigefinger und den Daumen der rechten Hand bewegen. Mit jedem Besuch sprachen wir leiser, bewegten uns weniger, bis wir schließlich steif und still neben ihr saßen, in der Gegend herumstierten und dann, nach einer Weile, langsam und auf Zehenspitzen wieder hinausgingen. Niemand sprach mehr in ihrer Gegenwart, selbst ihre Eltern küßten und streichelten sie nur noch und flüsterten Gebete.

Die Ampel vor dem Marktplatz war ausgefallen, und ein betrunkener Mann versuchte als Hilfssheriff, das Autogeknäuel zu entwirren. Ich fuhr direkt vor Frau Wittkopps Blumenstand. Frau Wittkopp ist die Mutter des Marktes und hat den schönsten Blumenstand weit und breit. Eine kleine, kräftige Frau mit aufgeplatzten Fingerkuppen und breiten Füßen. Früher kam sie fast täglich vom Vorgebirge in die Stadt, weil ihr Sohn hier studierte und sie ihm regelmäßig den Haushalt machte. Er ist dann Journalist geworden und nach Hamburg gezogen. Ich wohnte damals noch direkt an diesem Platz und brachte ihr ab und zu frischen Kaffee zum Frühstück, wenn sie fertig aufgebaut hatte. Und sie schenkte mir einmal die Woche einen neuen Blumenstrauß. Frau Wittkopp ist eine Besonderheit, sie ist die einzige Marktfrau, die ich kenne, die Jazzmusik liebt, und sicher die einzige Bäuerin im ganzen Vorgebirge, die gleichzeitig Kohlgemüse erntet und dabei Billie Holiday singt.

Ich hatte Glück, sie war da und hörte gerade, in ihrem Sessel versunken, die Madar-CD von Jan Garbarek. Ich sagte, ich wolle ihr alle ihre Blumen abkaufen.

Bedrückt kräuselte sie die Stirn: »Ävver Rösje, wie willste denn all dat bezahle?«

»Dann mach mir doch einen Spezialpreis«, sagte ich.

»Isch moß jo och ming Meet bezahle«, jammerte sie.

»Also laß das Geld meine Sorge sein, und hilf mir, das alles im Auto zu verstauen.«

Aber sie wäre nicht *die* Frau Wittkopp, hätte sie nicht ein Einsehn. »Also jod, die he sen von mir«, sagte sie und zeigte auf drei volle Eimer mit Sonnenblumen. Wir stapelten ihr ganzes Angebot im Kofferraum. »Schad öm all die schöne Blome«, sagte sie, fragte aber nicht, wozu ich sie brauchte. Man muß diese Frau gern haben, denn sie hat die seltene Gabe, Zweifel sofort wegzuwischen. Sie streifte die Hände an der Schürze trocken und konzentrierte sich wieder auf ihre Musik. »Na Rösje, ös dat net schön? Kom, setz disch doch.« Ich hockte mich auf ihre Fußbank.

Die Klangmischung aus norwegischem Saxophon, arabischem Oud und indischer Tabla legte sich wie ein Schleier über den Marktplatz, fächelte eine fernöstliche Melancholie in den Kölner Sommernachmittag. Eine Musik wie eine Gondel, die wegzieht aus der Wirklichkeit. Ich sah etwa zwei, drei Dutzend Menschen, die verstreut an den runden Tischen mit blauen Plastikdecken saßen, Bier tranken, rauchten oder sich vom Einkauf ausruhten. Ihre Unterschiede verschwammen langsam in der Musik. Bei dem Tabla-Solo lehnte sich Frau Wittkopp zurück in ihren Bastsessel, sagte wohlig lächelnd wie ein Buddha: »Kennste dat chinesische Sprischwoot: Knet en Jefäß us Ton: us dem Nitsin der Höllung ensteht der Notze vom Jefäß. Schneege Döre un Fenstere in de Huswand: us dem Nitsin ensteht der Notze vom Hus. Darom wees: Dat Sin der Dinge jit os Vordeel, un dat Nitsin de Dinge deent ons. Ös dat net schön?«

Da wechselte wieder die Musik, diesmal segelte der runde Platz im Saxophonwind wie ein Schiff ins grünblaue Nordlicht, mit Anneliese und Bernhard vom Brotstand in den Masten, mit dem Gemüsehändler Keko am Ruder, mit Pierre vom Käsebüdchen als Steuermann und natürlich mit Frau Wittkopp als Leichtmatrose, jetzt übernahm das Oud die Führung, die orientalische Holzlaute schob eine neue Kulisse vor das innere Auge. Runde Bögen, Hennahände, Goldschmuck und Tee. Ein Bazar voller

Stimmen, die Orangen, Gebäck und Gemüse anbieten, Kinderspiele und schwarze Augen im lehmgelben Licht. Mittendrin zwängte sich ein unpassendes Motorengeräusch dazwischen, kam näher, wurde ein Auto und parkte vor dem Blumenstand, direkt vor meinem Wagen. Ein weißer Porsche, der Motor wurde abgestellt, der Fahrer blieb drinnen sitzen. Frau Wittkopp zuckte verärgert aus ihrem Sessel, stellte die Musik auf Pause. Der Wind verschwand, die Gondel verschwand und der Bazar ebenso. Und nichts hatte sich verändert. Drum herum saßen immer noch die begrenzten Blicke und steckten in ihren Unterschieden fest, wie in einem zu engen Rettungsring. Einige schüttelten verärgert den Kopf über die Dreistigkeit, quer über den Platz zu fahren. Nichts passierte.

»Wat will der dann he? Kennste der, Rösje?« fragte Frau Wittkopp etwas verärgert. Rick lehnte den Arm auf den Fensterrahmen und sah mich durch die verspiegelte Vorderfront an.

»Ja, ich kenne ihn«, sagte ich, »ein wenig.« Ich war ehrlich erstaunt über das, was er gerade getan hatte.

Er wäre ebenso verwundert über sich, sagte er und schob die Sonnenbrille auf die Stirn, »aber ich wollte herkommen, weil ich mir ziemlich sicher bin, daß das alles nur die Anfangsschwierigkeiten sind. Sag ja, und es wird Diamanten regnen vom Himmel, ich weiß es.«

»Was?!«

Das Echo der letzten Worte faltete sich zu tausend kleinen Briefen in meinem Kopf, die Erde rutschte mir weg, und ich hatte das Gefühl, als würde ich mich über den ganzen Markt verteilen, wie vergossene Milch. Ein Satz wie ein Lasso, den mir Dante immer wieder nachgeworfen hatte, ausgerechnet immer dann, wenn ich dachte, jetzt bin ich weit genug weg, um wieder Ich sein zu können, ungeteilt. Dann stand er plötzlich vor mir, mit seinem blauen Blick und diesem Versprechen. Er fand mich, wo ich auch war, und sagte immer wieder denselben Satz, der jede Sackgasse zur Parkallee verwandelte: »Komm zurück, und es wird Diamanten regnen vom Himmel!«

»Was hast du da gesagt?« stotterte ich. »Wo hast du diesen Satz her? Wie kommst du dazu?« Und dann ziemlich laut, als gelte es, einen Dämon zu verjagen: »Von Anfangsschwierigkeiten kann gar keine Rede sein! Es gibt keinen Anfang! Vergiß es!«

Rick wurde starr vor Zorn: »Wenn du den Anfang vergißt, vergißt du deine Träume. Du solltest schleunigst wieder lernen anzufangen – anfangen zu lieben! Und ich meine damit einen Mann zu lieben und nicht die ganze Menschheit!«

Die Reaktion im Comic wäre an dieser Stelle sicher ein sehr groß und rissig geschriebenes Zong, Peng, Würg.

Und Batwoman würde sich mit wütenden Strichen aufblasen, die Augenbrauen zusammengezogen, den Zeigefinger in sein Gesicht strecken, und die Sprechblase neben ihrem Mund wäre so vollgeschrieben: »Und du bist dieser Mann, ja?! Der, den ich lieben soll, ja?! Du, der von Ersatzbank und tollem Team redet, als hätten wir Eishockey gespielt und nicht miteinander geschlafen?!«

Ironman würde dann cool die Sonnenbrille vor die Augen ziehen, den Ton noch einen Gang tiefer schalten und sagen: »Lenk nicht ab, sag, wenn's dir nicht gefällt, oder schick mich auf die Volkshochschule, aber hau nicht ab.«

Und so ließe sich die ungewöhnliche Ballade von Batwoman und Ironman weitererzählen:

Batwoman ist sichtlich irritiert von seinem milden Ton, sie schaltet ebenfalls einen Gang zurück: »Pah, Gesamtkunstwerk, du hast nicht mal gefragt, ob ich dich überhaupt als meine andere Seite haben will.«

Das ist die Stunde des Ironman: »Und willst du mich?«

Natürlich erträgt Batwoman soviel Direktheit nicht. Sie schweigt.

Er aber hakt nach: »Warum antwortest du nicht? Willst du mich, ja oder nein?«

Batwoman wendet sich ab.

Jetzt kommt die Umgebung ins Bild. Bernhard, der Germane vom Brotstand, stößt plump seine Anneliese an: »Paß nur jut auf, daß de wat lernst!«

Im Halbprofil sieht man ganz deutlich, wie sich Batwoman eine dicke Träne wegwischt, die Sprechblase ist wieder vollgeschrieben: »Du hast doch keine Ahnung, was anfangen heißt, das hat was mit Bleiben zu tun und nicht mit Versteck spielen. Anfangen, das ist nicht nur mal kurz aussteigen, um Nachschub zu holen. Da mußt du runter von der Autobahn. Und merk dir eins, ich bin keine Tankstelle auf einer deiner Rennstrecken!«

Ironman zieht die Stirn in Falten, er ist verletzt und überlegt.

Nun schubst Anneliese, die Germanin, ihren Bernhard zurück und sagt: »Haste dat überhaupt verstanden, wat se jesacht hat, du Super-Schumi?!«

Ironman ist wieder gefaßt, und seine Sprechblase steigt aus dem Autofenster hervor: »Da hast du aber etwas mächtig falsch verstanden, oder du willst es nicht verstehen. Anfangen hat vor allem was mit Lust zu tun, mit ganz viel Lust.«

Das ist das Stichwort für Pierre, den Gallier vom Käsebüdchen: »C'est ça, exactement, l'amour et Lust!«

Aber Batwoman durchschaut das Spiel, sie grinst Ironman mitleidig an: »Oh, Honey, wann hört ihr Kerle endlich auf, mit dem Schwanz zu denken? Sex kann ich mit jedem Straßenfeger haben, will ich aber nicht!«

Keko, der ehemalige Widerstandskämpfer aus Kurdistan, streicht nachdenklich über seinen schwarzen Schnurrbart: »Batwoman hat recht, man muß gut nachdenken und analysieren, Liebe ist wie Krieg, wenn keine Treue, dann Barbarei.«

Ironman kämpft nun, sein Gesicht verfinstert sich: »Nee, nee, so klein ist das nicht, ich meine eben *nicht* die Lust vom Schwanz, ich meine die vom Kopf, von der Denke und von hier.« Mit dem letzten Wort zeigt die kräftige Hand auf sein Herz. »Ich rede von Lebenslust.«

Der Gallier und ein paar Germanen, unter ihnen auch Bernhard, applaudieren begeistert.

Batwoman breitet dramatisch die Arme aus, als wollte sie wegfliegen: »Natürlich, Lebenslust! Wie konnte ich es nur vergessen!« Dabei macht sie eine überschwengliche Verbeugung. »Die sprichwörtliche Jäger- und Sammler-Parole: heute die, morgen die, oder wie ging doch gleich eure Vereinshymne?!«

Der Widerstandskämpfer und fast alle germanischen Frauen klatschen: »Wow! Ja! Genau! Jut jemacht, Rösje!« Anneliese fordert Bernhard auf: »Na, nu sing doch mal!«

Doch Ironman erkennt punktgenau Batwomans Achillesferse und sagt mit unerwartet großer Zärtlichkeit: »Ich weiß nicht, was dir passiert ist, aber ich rede von Liebe.«

Batwoman weiß nun, daß Ironman weiß, daß sie es eigentlich auch weiß, daß da mehr ist, als nur kurz aufzutanken, aber sie kann nicht raus aus ihrem Kostüm: »Liebe! Welche meinst du denn? Die, die auf Handtüchern, Unterhosen und auf Lebkuchenherzen steht: Liebe ist ...? Von wegen! Liebe, das sind fünf Buchstaben, die Verstecken spielen mit Blinden, und eine Million Abgründe aus rohem Fleisch! Verschwinde nach Stuttgart oder wohin auch immer, ich muß hier weg!« Und dann steigt Batwoman in ihr Batmobil und düst mit Lichtgeschwindigkeit davon.

Ironman aber will nicht mehr, er hat alles gegeben und gesagt, ab hier ist für ihn Schluß.

Der Gallier bietet ihm zum Trost einen Absinth an. »C'est la vie, mon ami, Liebe ist die Blume des Teufels, trinken Sie sie!« steht in seiner Sprechblase.

Aber Ironman sieht auf die Uhr, er hat keine Zeit mehr, startet sein Ironmobil und fährt ebenfalls davon.

Der Gallier hebt sein Glas auf ihn: »À la vôtre«, sagt er und trinkt.

Der Schluß dieses Comics wäre eine totale Aufsicht auf den Ort des Geschehens. Und da sehen wir eine abgewetzte, vergilbte Wolke mit der Inschrift »Letzte Einkehr vor der Rückkehr«, auf der verheulte Engel mit blutigen Flügeln herumliegen, sehen, wie zwei Greise mit den nunmehr zu Kugeln geschrumpften Comic-Figuren Billard spielen, und der weißbärtige Greis sagt zum glatzköpfigen: Remis!

Ich fuhr noch mal Katjas Plätze ab, so als wäre der Polizeibericht so etwas wie ein ultimativ letzter Hilfeschrei gewesen und sie selbst säße noch irgendwo an einem ihrer Stammplätze. Als erstes fuhr ich zum Neumarkt, aber niemand dort hatte Katja gesehen. Der Platz war leer. Hier und da ein paar Artisten, die von ihren Wohnwagen zum Zelt oder von dort wieder zurück trotteten und sich allmählich auf die Vorstellung vorbereiteten. Ich war enttäuscht, wie unscheinbar diese Illusionisten ohne Scheinwerfer aussahen, grau, müde und kraftlos. Künstler sind Nachtgewächse, dachte ich. Vor dem Kassenwagen stand eine Handvoll Wartender, obwohl an der Wagenwand ein großes »Ausverkauft«-Plakat hing.

Ich fuhr zur »Tankstelle«, einer Szenekneipe in der Südstadt. »Nee, hab noch niemanden gesehen«, sagte die junge Kellnerin, »wir machen doch gerade erst auf.« Es roch nach kaltem Rauch, und ohne das blaue Neonlicht sah der Raum schäbig aus. Vor der Tür traf ich Mike, der es im Heim nicht mehr ausgehalten hatte. Er ist der einzige Junge in unserer Wohngruppe, der nicht in die Lernbehinderten-Schule geht. Er will sogar das Abitur machen. Ein schmaler, geschmeidiger Junge und einer der wenigen Jugendlichen im Haus, der von sich aus die Jugendfürsorge aufgesucht hat. Sein Vater hatte ihn wieder einmal blutig geprügelt. Er wurde mit Lungen- und Leberrissen eingeliefert und wird bis heute psychologisch betreut. Damals war er zwölf. Sein größter Wunsch ist, so schnell wie möglich irgend etwas Artistisches zu machen, egal was. Er freute sich, mich zu sehen.

»Ey, Rosa, komm mal mit«, sagte er.

»Wohin?«

»Jetzt komm doch, wirst gleich sehn«, drängelte er und gluckste vor sich hin. Wir gingen um die Ecke auf einen klapprigen, überklebten, rostigen VW-Bus zu, den man eigentlich nur noch der Form nach erkannte.

»Was heißt noch mal ›Tiere‹ auf Englisch?« fragte er aufgeregt.

»Animals, warum?«

»Ich mach'n neuen Verein auf: Free Animals Army, FAA!« rief er und riß die Bustür auf.

Mir war, als hätte man mich in das Innere eines Schalentiers geschubst: im bräunlichen Licht wuselten in unzähligen großen und kleinsten Käfigen Ratten, Mäuse, Echsen, Schlangen, Vögel, Hamster, kleine Hunde und andere Pelztiere. Es stank, als wären diese Innereien bereits verwest und die Verwesung selbst wäre das größte Tier. Ich hatte Panik, nie wieder etwas anderes riechen zu können, und versuchte, die verseuchte Luft aus mir herauszuhusten.

Währenddessen freute sich Mike weiter und zeigte auf den Fahrer: »Und das ist Montag, der heißt echt so, seine Alte hat ihn als Baby in der Bahnhofsmission liegenlassen, in einer Alditüte, an einem beschissenen Montag!«

»Was ist das?« röchelte ich von einem Sicherheitsabstand aus.

»Drei Zoohandlungen! Geil, nich?! Ich mein, was wir weggekriegt haben. Das Schwimmzeugs geht ja nich.«

Ich begriff gar nichts. Da platzte ein Junge fast vor Freude und vor Stolz, da stand ein Auto, das eigentlich nicht zugelassen sein dürfte, am Steuer saß so etwas wie ein männliches Wesen, mehr Tattoos am Körper als Haut, lange dünne, schwarz gefärbte Haare, und sein Gesicht glänzte wie Himbeergelee. Hinter ihm gärten oder erstickten die Tiere in ihrer Fäulnis.

In mir türmten sich die Fragen: Was für Zoohandlungen? Woher? Wann? Warum? Wer ist das? Was hast du damit zu tun?

»O. k., alles nacheinander«, sagte Mike gelassen. »Also, was Zoohandlungen sind, weißte doch. Woher – kann ich dir leider nich sagen, ist geheim, nur, daß sie aus Köln sind. Wann – gestern nacht. Warum – is ja wohl auch klar. Haste doch selber gesacht: eingesperrt ist scheiße, egal, wie und wer.«

»Wann habe ich das gesagt?«

»Na, letzte Woche, in eurem Wichtigzimmer, beim Streit mit Beate darüber, daß du dich zuviel um Katja kümmerst.«

»Hast du gelauscht?«

»Nee, das muß man nicht, ihr brüllt ja laut genug. Also, bleibt noch: Wer ist das am Steuer –

der sieht zwar ziemlich fertig aus, ist aber'n Artist, ein Einradartist! Hab ihn in der Schildergasse entdeckt, der fährt aber weiter in den Süden, am liebsten würde ich mit.«

»Wenn das ein Artist ist, fresse ich zehn Besen«, sagte ich. »Und was du gemacht hast, ist Scheiße. Eine Riesenscheiße! Ich muß das melden, das weißt du doch? Und das bedeutet Anzeige wegen dreifachen Diebstahls, Nötigung und sicher auch wegen Tierquälerei und was weiß ich noch alles! Du kannst von Glück reden. Das gäbe richtig Knast.«

»Das *gibt* Knast«, unterbrach Mike mich gutgelaunt. »Ich hab heut Geburtstag, heute vor sechzehn Jahren wurde ich in diese Welt geschissen von einer Siebzehnjährigen, die an die große Liebe glaubte und leider immer noch glaubt, bis ihr Kerl sie irgendwann totprügeln wird.«

»Wer war noch dabei?« rotierte es in meinem Kopf. »Wird dieser Montag dichthalten? Mensch, Mike, warum machst du nur so'n Mist?«

»Warum? Sklaverei ist abgeschafft, aber Tiere züchten erlaubt. *Das* ist Scheiße, *das*! Die Viecher gehören in den Urwald oder in die Wüste, die wurden entführt.«

Ich wiederholte, daß das juristisch »Diebstahl« wäre und nichts anderes. Während ich überlegte, was zu tun wäre, rupfte ich aus dem kleinen Vorgarten ein paar Blumen und gratulierte Mike zum Geburtstag.

»Ist auch Diebstahl«, sagte er, ließ sich aber überreden, von dort zu verschwinden. Wir verabredeten uns für später auf der Deutzer Brücke. Theo wollte auch kommen sowie Ulla, Beate, Gerd und die Wohngruppe.

Es dämmerte allmählich in die Nacht hinein. Wie vergessen hingen am Himmel dünne, violettrote Wolkenstreifen vor einem hohlen Türkisgelb. Wie ein leeres Auge, dachte ich. Die Hitze drückte sich gegen meinen Willen in mich hinein, ich war müde, fühlte mich wie verwischt und weggetrieben, als wüßte ich nichts mehr, als wäre mein Hirn ausgestopft. Ich spürte, daß sich eine Wut unter der Haut breitmachte, wie ein Teig, und erinnerte mich an einen Satz aus einer Vorlesung. »Der Tod ist die am leichtesten zu verstehende letzte Angelegenheit.« Die am leichtesten zu verstehende!! Ein Professor für Psychologie hatte das vorgetragen. Auch den anderen Satz, der mir einfiel: »Obwohl die Physikalität des Todes den Menschen zerstört, rettet ihn die Idee des Todes!« Welch ein Seelen-Esperanto! dachte ich, wir sollen das Copyright unserer eigenen Geschichte auch noch freiwillig abtreten!

Es gäbe kein Entfliehen vor dieser Endgültigkeit, das sei eine kausale, nüchterne Wahrheit.

»Das ist eine *autistische* Wahrheit«, hatte ich meinen Protest in den Hörsaal geschleudert, »und die erklärt nichts, sondern die verarscht nur: Wenn Gott den Menschen tatsächlich nach seinem Ebenbild geschaffen hat, warum stirbt dann nicht Gott und überläßt dem Menschen die Unsterblichkeit? Warum wummert dieses Gespenst ausgerechnet durch unsere Adern? Diesen Gott kann nur ein Mann erfunden haben, der nicht weiß, was es heißt, ein Kind zu gebären!« Gerade in dem Augenblick fuhr ich auf die Deutzer Brücke. Das Zitat von Augustinius zog vorbei: »Nur angesichts des Todes wird das Selbst des Menschen geboren.« Ach so? dachte ich. Und wo ist dann jetzt die Katja? Nein, nein, ich werde weder diese nekrophilen Propheten noch ihre Götterdämmerung verstehen. Da *ist* nichts zu verstehen, *leicht* schon gar nicht!

Ich fuhr über den Rhein, um auf die andere Fahrbahnseite zurückzukommen. Auf der Mitte der Brücke, die Kugel mit dem Weltenbummler, die ein Künstler auf den Brückenmast gesetzt hatte, im Rücken, den Dom vor Augen, parkte ich, stellte die Warnblinker an und ein Warndreieck auf. Eine Gruppe aus einem Cabriolet fragte, ob ich Hilfe bräuchte, andere fuhren langsamer an mir vorbei, um genau zu sehn, was ich da aus dem Kofferraum auf die Straße verteilte. Ein junges Paar, das sich eigentlich in einer linksrheinischen Disco amüsieren wollte, blieb stehen und sah mir eine Weile zu, bis das Mädchen fragte, ob sie mir helfen könnte. »Das ist doch bestimmt wegen des Mädchens, das heute gefunden wurde, oder? Hab's im Radio gehört«, sagte sie. Zu dritt formten wir einen großen Kranz auf dem Asphalt, banden Blumen an das Geländer. Aus der hellen, halbvollen Straßenbahn winkten einige Jugendliche, die auf die schääl Sick fuhren, ein anderer fragte aus seinem Polo: »Was geht denn hier ab?«

Ich hätte Anna noch gern »gute Nacht« gesagt, aber es war schon zu spät. Das Paar hatte sich auf den Gehsteig gesetzt und sah auf den Rhein hinunter. Sie sprachen nichts, rauchten. Das Brükkengeländer ist nur hüfthoch, aber niemanden schien das zu stören. Der Boden unter mir wummerte wie ein ständiges Erdbeben. Ein unfestes Gefühl, wie eine Vorstufe zum Fliegen. Ein Paar Skater rollten vorbei, Radfahrer, Reisebusse, Linienbusse, Straßenbahnen. Die Messeschrift blinkte von grün auf weiß und zurück. Gegenüber auf der Hohenzollernbrücke fuhren lautlos Züge in den Bahnhof hinein und vom Bahnhof weg, wie Lichtwürmer.

Überall zappendes Licht, Bewegung und ein ewiger Lärmkreislauf. Eine Großstadt, der es scheißegal ist, ob jemand stirbt, krank ist oder gerade geboren wird, ob er obdachlos ist oder eine Nutte, ob er verblödet oder vor Einsamkeit krepiert. Der Dom wird sich auch weiterhin wie eine alte Matrone grauweiß in den dunklen Horizont hineinstrecken, genau wie all die anderen hochgetürmten Machwerke der globalisierten Moderne, Lufthansa, Ford, 4711, Konzertsäle, Hotels, Hotels, Hotels. Die blaue Leuchtschrift des Maritim zog mich kurz weg auf die Dachterrasse mit Rick. Was er wohl gerade machte? Ich sah nichts, aber ich wünschte, daß er mich sieht.

Die unregelmäßige Rhythmik des Wassers holte mich zurück, machte mich durcheinander und schwindelig. Es ist nicht auszumachen, nach welchem Takt es schlägt, unkontrollierbare, zukkende, schwingende, hüpfende, gleitende Geräuschvariationen. Ein weißes, flaches Schiff tauchte wie ein grinsender Fisch aus dem Dunklen hervor in die Helligkeit der Brückenbeleuchtung, trieb tonlos wie in Quecksilber eine Weile auf uns zu und verschwand unter der Brücke wieder im Nichts. Danach ratterte ein grauer Kahn unter uns hervor, ächzte sich von uns weg in den schwarzen Vorhang der Nacht, bis auch das blinkende rote Schlußlicht verschwand. Vielleicht zehn Minuten später erschien Theo von der Altstadtseite her auf der Brücke, mit einem Karton Kerzen im Arm, und hinter ihm, wie in einer Prozession, kamen Mike, Pia, Johanna, Lydia, Spike, Marcel, Kralle, Ulla, Gerd und Beate. Auch wir setzten uns auf den Boden, zündeten die Kerzen an und hatten nichts zu sagen. Andere Passanten blieben stehen und schwiegen mit. Pia hatte Katjas letztes Gedicht mitgebracht und an das Geländer geheftet. Die letzte Zeile war ausgebessert:

Gedanken hüpfen wie hohle Pingpong-Bälle durch meinen Kopf – bekommen Ecken – werden flach und oberflächlich – werden voll und innig – weich und hart – fressen mich auf – geben mir Nahrung – lassen mich vergessen und erinnern – verstecken mich – verschließen mich – e r t r ä n k e n mich.

5

Am Dienstag wollte ich mich eigentlich beurlauben lassen und mit Theo nach Holland fahren, um ein altes Schaukelpferd zu suchen, aber ich ging dann doch wieder ins Heim.

Es war leiser als sonst im Haus, so als schliefe jemand, den die Kinder nicht wecken wollten. Katjas Zimmertür war abgeschlossen und mit Blumen geschmückt. Pia, Lydia und Mike saßen in der Küche am Tisch und spielten Karten, Marcel und Spike versuchten sich lustlos am Tischfußball im Flur, Kralle hatte sich im Gemeinschaftsraum vor den Fernseher zurückgezogen, und Johanna saß in ihrem Zimmer auf der Fensterbank und sah auf die Straße.

Das erinnerte mich an die Geschichte des kleinen Jungen, die mir ein ehemaliger Kollege erzählt hatte. Dieser Junge war schon direkt nach der Geburt in ein Säuglingspflegeheim abgegeben worden. Als er vier, fünf Jahre alt war, setzte sich dieser Junge jedes Wochenende, oder wenn die Ferien begannen, auf die Mauer neben dem Eingang an der Straße. Ganz allein zog er sich seine weißen Kniestrümpfe an, kletterte hoch auf die Mauer und sah sich die Mütter und Väter an, die zu Besuch kamen oder ihre Kinder für ein paar Tage abholten. Auf die Frage, warum er das denn mache, antwortete der Kleine: »Ich suche mir eine Mama aus.« Auf die nächste Frage, was ihm denn im Heim nicht gefiele, denn er kannte ja nichts anderes, sagte er: »Wir sind keine Familie.«

In der Ferienzeit wird es besonders deutlich, wenn die Kinder weder zu ihren Eltern noch zu Pflegeeltern können: da schleicht sich eine Traurigkeit wie wirklich geworden in die Wohngruppe, sitzt und schläft mit in den Zimmern. Es ist, als würde die Abwesenheit in den Blicken selbständig werden und als läge zwischen dem, was die Kinder sagen, und dem, was sie *tun*, immer noch ein Anderswo. Und zwischen dem, was sie sagen, und dem, was sie wirklich *meinen*, ein Widerruf.

Jede Gruppe im Haus hat die Möglichkeit, in den Sommerferien bis zu vierzehn Tagen zu verreisen, aber diese Gruppe ist erst in drei Wochen an der Reihe, also müssen wir Betreuer ihnen solange ein Ferienprogramm anbieten, weil sich die Eltern nicht um sie kümmern. Für heute hatten wir ein Tischtennismatch in der Turnhalle verabredet. Aber als die Jugendlichen versammelt herumdrucksten, sie hätten »ehrlich gesagt« mehr Lust aufs Freibad, war ich erleichtert, nicht dableiben zu müssen, und überfroh, als sich Ulla anbot, die Aufsicht zu übernehmen. Die Kinder waren einverstanden, und Spike gab mir den Tip, doch ins Kino zu gehn. »Titanic is voll geil.«

So hätte ich wenigstens ein Ziel gehabt, aber ich hatte den Film schon gesehen. Ich versuchte mir einen Plan auszudenken, wie ich den Resttag am ökonomischsten einteilen könnte. Aber ich hatte keine Aufgabe, die ich hätte planen können, und auch keinen Ehrgeiz, mir selbst eine Aufgabe zu erfinden – was ja selbst schon eine Aufgabe gewesen wäre. So bewegten sich meine Beine von sich aus, als wüßten sie wohin. Mir gefiel der Zustand: die Reflexe entscheiden, und der Wille ruht sich aus. Ich ließ mich von den Beinen tragen wie in einer Rikscha. Noch während ich überlegte, ob hinter den Reflexen wohl eine Absicht steckt, hörte ich ein hupendes Dröhnen und Zischen, Scheppern und Quietschen und spürte ganz dicht neben meinem Gesicht die Hitze eines riesigen Lastwagens. Im selben

Augenblick wurde ich steif wie eine Schaufensterpuppe. Der Schreck krallte sich in die Muskeln, und ich stand da wie ausgehöhlt. Unmittelbar nach dem Stopp stand der Fahrer vor mir: »Is Ihnen was passiert? Hören se mich? Hallo! Es tut mir leid, aber Sie sind so plötzlich losgegangen!« Seine Stimme zitterte, seine Hände zitterten, und der Schweiß tropfte ihm vom dünnen Haaransatz. Ein Taxifahrer hupte und brüllte aus dem heruntergedrehten Fenster: »Mach wigger, Mann!«, dann überholte er über den Gehsteig.

»Nein, es ist mir nichts passiert«, sagte ich wie eine Stellvertreterin, als wäre das Original woanders, »es tut mir leid, es war meine Schuld«, und ging irgendwie auf die andere Straßenseite zu meinem Auto. Der kleine Mann, dem die Brustbehaarung aus dem Unterhemd herauswollte, stieg langsam in seine Kabine, stand noch eine kurze Weile, bevor er abfuhr.

Langsam verzog sich die Kälte aus der Haut, und ich versuchte zu begreifen, warum das passieren konnte. Vielleicht haben Reflexe doch irgendwelche Absichten, dachte ich. Aber vielleicht war es ja nur ein Zufall gewesen, und der LKW-Fahrer war einfach zu schnell gefahren.

Einmal war Dante nach über einer Woche ohne ein Lebenszeichen in meiner Wohnung aufgetaucht und hatte verlegen nach einer Entschuldigung gestochert: Er hätte so viel Streß gehabt, daß er sich nicht einmal hatte telefonisch melden können. Aber Theo hatte mich schon angerufen: »Frag ihn doch mal, was er in der Düsseldorfer Kneipe mit einer rothaarigen Frau gemacht hat.« Das mußte ich nicht, ich wußte, was er nebenher mit anderen Frauen machte, aber ich wußte nicht, warum. Mein erster Reflex griff sich einen Stuhl und schleuderte ihn mit aller Wucht in sein Kreuz. Er fiel keuchend auf den Boden, der zweite Reflex warf ihm noch einen Hocker hinterher und der dritte eine Plastikbox, danach bin ich weggegangen. Der vierte Reflex suchte sich sofort einen anderen Mann, und ich blieb zwei Wochen bei ihm.

Ich wollte zu Theo aufs Land, raus aus der metallischen Motorik der Stadt, aus dieser Konserve der Zufälligkeiten von Käufer trifft Verkäufer, Autos die Ampeln, Radfahrer die Passanten, Anträge die Antragsteller, Parkverbote die Parkenden. Ich wollte raus aus dem Lärmbrei, der auf Dauer wehrlos macht und von neuen Gedanken isoliert. Aber schon nach ein paar Minuten hielt ich vor einer Telefonzelle. Das war kein Reflex, aber auch nichts Gewolltes. Es war ein

Wunsch. Ich wünschte mir Ricks Stimme. Aber die Mailbox forderte mich auf, eine Nachricht zu hinterlassen. »Hier ist Rosa«, sagte ich ohne Ahnung, was ich eigentlich vorhatte, »und ich möchte mit dir reden.« Das war's, Worte als Verkehrsmittel, um irgendwie anzukommen, der Rest fand sich selbst: »Kennst du das Gefühl, haarscharf an der Wirklichkeit vorbeizuleben? Zu spüren, wie sich deine Geschichte in dir ausgebreitet hat und dich zu einem anderen Leben zwingt als dem, was möglich wäre? Du wirst dein eigener Stellvertreter für ein Leben, zu dem du dich nicht mehr traust? Gestern tut mir leid, vielleicht sollten wir zusammen auf die Volkshochschule, ich jedenfalls brauche dringend eine Weiterbildung und – ich brauche es, mit dir zu reden.«

Mir war, als wäre ich das einzige, was sich in dieser Hitze bewegte, wie eine Wolke. Alles andere schien festgefroren an seinem Platz. Ich dachte an ein Bild von Magritte, zwei Äpfel, die sich ausgehfein gemacht haben, in rauchblau, ihre Blätter am Stil hübsch gerichtet, mit feinen Masken im Apfelgesicht ohne Augen. Darunter steht: Walzer – Unschlüssigkeit. Es ist nicht auszumachen, ob sie sich gegenseitig schützen oder stützen oder ob sie die ersten oder die letzten Gäste sind in der Schattenzone vor einem blaßblauen Jenseits. Sie sind die einzigen, und es könnten Zwillinge sein. Sie haben beide fünf Blätter und sind identisch in der Farbe, aber mir ist, als wären sie ein Paar. Der rechte Apfel ist unmerklich größer und runder, der linke zierlicher, schüchterner, lugt versetzt hinter dem vorderen hervor. Sie sind stumm und bewegungslos, verharkt und verwandt, sie sind erstarrt, als wären sie nie gewesen, in einem Niemandsland zwischen Himmel und Horizont. Mir fiel Theos griechischer Spruch ein: »Wenn dir Engel die Flügel reichen, dann zupf nicht die Federn aus«, und ich mußte weinen. Ich finde den Spruch kitschig und verstehe ihn genausowenig wie die Äpfel, aber ich mußte weinen, ich weinte die ganze Fahrt bis in Theos Dorf. Ich weinte, als ich ausstieg, weinte, als ich die alte Frau Müller, die gerade ihre Hühner versorgte, begrüßte.

»Ös inne nit jod?« fragte sie durch den Maschendraht. »Doch, doch«, antwortete ich, »heute weine ich gerne.«

Frau Müller schmunzelte zustimmend: »Ja, ja, su jet het me schon manschmo, nit woa? Na dann, alles jode!« sagte sie und drehte sich mit einem hellen »Putput, putput!« wieder ihren Hühnern zu.

Jetzt hatte ich ein Ziel, ich wartete auf Ricks Rückruf. Den ganzen Nachmittag und den ganzen Abend. Ich goß die Blumen, fegte den Hof, lüftete die Betten, versuchte die Zeit mit möglichst viel Sinn zu füllen, aber der Sinn verlor sich mehr und mehr, mit jeder geputzten Stelle, bis gegen Mitternacht der letzte Rest mit dem Spülwasser der blitzblank geputzten Küche im Abfluß verschwand. Eigentlich wollte ich noch laufen, aber ich verzichtete und verzog mich statt dessen mit dem Telefon ins Bett, legte die Schachtel mit den Perlenohrringen unter das Kopfkissen und stellte eine Kerze vor die weit aufgegangenen, samtroten Rosen.

Das Zimmer roch immer noch unbewohnt, nach Stein. Wie lange es dauert, bis Mauern nachgeben, dachte ich, und spürte wieder diese alte Müdigkeit, die mir jede Bedeutung klaut und mich bedürfnislos macht. Mir war nach einem langen Schlaf, alles wegzuschlafen, alles zu erledigen und erst dann wieder aufzustehen, gesundgemacht wieder zurückzukommen. Schade nur, daß man sich überall mitnimmt, dachte ich, und lag schon wieder neben der Gegenwart, ausdruckslos wie Glas, stierte in die Schatten. Ein streunender Dantegedanke kroch vorbei, gesichtslos wie ein Gipsabdruck. Ein Vermißter ohne Grabstein, fiel mir ein. Ich wartete wie in einer Warteschleife, eingehüllt im Moskitonetz, hörte die Mücken sich im Tüll verfangen, hörte, daß es auf dem Land nichts zu hören gibt, nachts. Das Telefon klebte an meiner Wange, und mir war kalt, aber nicht auf der Haut, sondern darunter. An der Wand dehnte sich der bauschige Blumenschatten bis zur Deckenmitte und über die Zimmerecken hinaus, bewegte sich synchron zum Rhythmus des weiß flackernden Lichts, wie ein Cherubim, der Wache schiebt. Ich wartete, aber das Telefon klingelte nicht.

6

Mittwoch ist mein freier Tag. Und wenn ich keine Behördengänge machen muß oder wenn sonst nichts ansteht, gehe ich meistens zu meinen Eltern. Erst seitdem ich mit Anna allein lebe, haben wir wieder eine regelmäßige Beziehung zueinander, und ich bin oft auf sie angewiesen. Wenn sich die Schichten im Heim verschieben oder Kollegen krank werden und ich dann tageweise einspringen muß, übernehmen meine Eltern Anna. Auch wenn Anna in letzter Zeit lieber bei meiner Nachbarin Leyla bleiben möchte, bin ich ruhiger, wenn ich sie bei den Großeltern weiß.

Das geht nicht reibungslos. Sie wiederholen immer noch dieselben Worthülsen, gegen die auch ich mich schon als Kind gewehrt habe, mit dem Unterschied, daß sie bei mir auf ihr Recht pochten und heute, wenn Anna widerspricht, nachgeben. Und auch sonst machen sie immer noch alles genauso, wie ich es von klein auf kenne. Obwohl beide seit fünfzehn Jahren pensioniert sind und man meinen könnte, jetzt hätten sie Zeit und Muße für Veränderungen. Nein, sie schmücken weiterhin ihr Dasein mit ihren gewohnten Gewohnheiten, es ist ihr einziger Besitz. Mein Vater sitzt immer noch auf seinem Kopfplatz am Eßtisch und meine Mutter an der Längsseite, und nach wie vor kocht sie ausschließlich das Essen und deckt den Tisch und räumt ihn auch wieder auf. Mein Vater kauft die Fernsehzeitung und bezahlt die Miete und die Versicherungen. Jeder spielt seinen eigenen Lottoschein. Keiner von beiden hat je etwas gewonnen, aber sie kämen nicht auf die Idee, einen Tippzettel zusammen auszufüllen. Früher sind sie noch ab und zu auf Wunsch meines Vaters in die Oper gegangen, aber seit Jahrzehnten erfüllt ausschließlich das Fernsehen ihr Kulturbedürfnis. Mein Vater hat immer noch jeden Tag ein frisches Halstuch um, und meine Mutter strickt oder häkelt ebenfalls noch täglich. Die Tapeten, Vorhänge und die Teppichböden wurden zwar alle zehn Jahre ausgewechselt, die Möbel alle fünfzehn Jahre, aber die neuen wurden wieder exakt auf denselben Platz gestellt. Und mein Bett steht auch seit vierzig Jahren an derselben Stelle. »Das ist so Tradition bei uns«, sagt mein Vater.

Eine lange Tradition, wie die eingerahmten Bilder auf der staubfreien Anrichte beweisen. Die Photos macht noch immer er, und er besorgt auch die passenden Rahmen dazu. Meine Mutter ist für den polierten, staubfreien Glanz zuständig.

Man muß nur stur genug die Dinge beim alten belassen, bis aus anfänglicher Bequemlichkeit, späterer Gewohnheit schließlich eine bleierne Tradition wird.

Aber Anna gefällt das, sie sagt: Tradition ist schön, da findet man alles wieder. Es amüsiert sie, in meinem Kinderbett zu schlafen, in meiner Vergangenheit herumzulaufen. Als sie die Kritzeleien unter meinem Bett entdeckte, hat sie die Idee gleich für sich übernommen. »Das ist jetzt meine Tradition«, sagt sie.

Ich habe mich oft gefragt, ob sich wohl meine Eltern für mich mehr interessiert hätten, wenn ich ein Junge geworden wäre. Ich weiß, daß sie lange enttäuscht waren, keinen Stammhalter zu haben. Meine Mutter wollte einen Jungen, »weil die es leichter haben im Leben«. Mein Vater erklärte sich nie. So klebte immer ein Schatten an unserer Beziehung, und es blieb ein Abstand. Ich erinnere mich kaum an meine Kindergefühle, nur an das eine, daß ich mir selbst wegrutschte, wie Eiswürfel aus der Hand. Und daß ich eine Menge anstellte, meine Anwesenheit zu jeder Gelegenheit zu beweisen. Von der rastlosen Anstrengung, richtig sein zu wollen und gleichzeitig den Eltern meine Falschgeburt vergessen zu machen, hatte ich mir selbst eine Art Bewußtlosigkeit verordnet. Eigentlich war Annas Geburt wie eine letzte Aufforderung an sie, endgültig einen Schlußstrich unter alle ihre Zweifel zu ziehen. Für mich selbst war es wie ein Erwachen aus einem verpackten Zustand, und ich empfand es als göttliche Weitsicht, ein Mädchen bekommen zu haben.

Ich machte einen Umweg über meine Wohnung, bevor ich zu meinen Eltern fuhr. Ich wollte kurz nach der Post und dem Anrufbeantworter sehn. Auf dem Band blinkte eine rote Zwei. Wie aus einer Quelle brodelte augenblicklich ein Name in mir hoch, aber mein Aberglaube drehte den Hahn sofort ab. Ich drückte die Taste. Die erste Nachricht war von Leyla: »Vergiß bitte nicht, heute abend zu kommen. Es wird bestimmt wunderschön. Und du hast sicher noch keine kurdisch-türkische Hochzeit erlebt, ein richtiges orientalisches Fest. Ich würde dich ja abholen, aber ich habe Bereitschaft und komme direkt vom Krankenhaus. Also bis nachher im Chelsea.«

Ihre Schwester, die gerade volljährig geworden ist, wollte schon seit zwei Jahren ihre »allergrößte Liebe« heiraten. Jetzt war es soweit.

Dann leuchtete die Eins. Und plötzlich robbte es aufgeregt in mir herum, zwickte wie ein Tier jedes Organ. Es tat weh und gut. Ich setzte mich, versuchte mich an den Lehnen festzuhalten, aber meine Hände rutschten ab:

»Ja, Frau Schneider, Heinrichs hier, sie waren ja gestern nicht da, ja also, wann kann ich denn zum Ablesen kommen? Würden Sie mich bitte anrufen? Danke und tschö denn.« Stille.

Ich schluckte alle Worte, die ich hätte sagen wollen, in mich zurück. Mir klebte die Zunge am Gaumen wie eine Oblate, zum Ersticken. Ich hätte gar nicht reden können, selbst wenn ich gewollt hätte, und beschloß, den Hausmeister später anzurufen. Ich schämte mich. Und mir war, als wäre mein Sinn ausgelaufen.

Irgend etwas hatte sich verändert, das fiel mir auf, denn solange die Dunkelkammerwahrheit funktioniert, fühlt man sich über alles hinaus, ist man ein stabiler Kokon, der nicht aufweicht und Fäden zieht und hängenbleibt. Ein Ichling hat es wirklich bequem: Es schwängert sich selbst und treibt sich auch selbst ab, immer dann, wenn die Wahrheit unerträglich wird.

Ich rief Anna an. Sie sei nicht da, sagte die neue Frau, Peter wollte mit ihr ins Kino. Ich würde ihr von Theo aus ein Fax schicken, ließ ich ausrichten.

Meine Mutter hatte extra nur für mich Karottenkuchen gebacken, meinen Lieblingskuchen, den Tisch mit dem guten weißen Geschirr mit Goldrand gedeckt und den Tulpenstrauß in die dazu passende Glasvase mit Goldhenkel gestellt. Mein Vater saß am Kopfplatz, meine Mutter und ich uns gegenüber auf den Längsseiten. Meine Mutter lächelte:

»Ich habe dir die Milch auch schaumig geschlagen, wie die Franzosen.«

»Danke Mama, es schmeckt wunderbar«, sagte ich.

Wir aßen, die Tassen scheuerten leise auf den Untertellern, die Kuchengabeln auf den Desserttellern. Mein Vater räusperte sich heftig. »Trink doch was«, sagte meine Mutter. Er trank einen Schluck Kaffee und räusperte sich wieder.

»Der Kuchen ist zu trocken«, sagte er, während er das nächste Stück auf der Gabel zum Mund führte. Auch das ist Tradition im Hause Schneider, daß mein Vater seit jeher am Essen meiner Mutter etwas auszusetzen hat. Weshalb meine Mutter wiederum das ewig schlechte Gewissen plagt, es wieder mal nicht richtig gemacht zu haben.

»Ja, vielleicht hätte ich mehr Honig dazutun müssen«, war dann auch prompt die Antwort.

»Nein, Mama, es schmeckt genau richtig.«

Sie war erleichtert: »Möchtest du noch ein Stück?«

Ich wollte nicht, aber ich nahm es.

»Ich weiß nicht«, sagte sie, aber ich wußte, was sie gleich sagen würde, »ich weiß nicht, ob es richtig ist, daß Anna die ganzen Ferien bei Peter bleibt, und noch dazu jetzt, wo die neue Freundin zu ihm gezogen ist.«

»Seine neue Frau«, sagte ich.

»Ja, ja, noch schlimmer, Gott im Himmel«, sagte sie.

Wieder kauten wir leise weiter und tranken Kaffee mit aufgeschäumter Milch.

»Was ist, wenn seine Frau schwanger wird?«

Meinen Vater interessierte das weniger, aber er mag keine Diskussionen am Tisch, im Wohnzimmer ja, aber nicht beim Essen. »Nun laß es doch mal«, murrte er.

»Ja nun, das muß doch mal gesagt werden«, wehrte sich meine Mutter, »das Kind braucht doch nicht jede Ferien bei ihm zu verbringen. Trinkt er denn noch immer soviel?«

»Nun laß es doch«, brummte mein Vater.

»Wovon lebt er denn jetzt? Arbeitet er denn wieder?«

»Mama bitte! Nicht heute und nicht jetzt! Bitte hör auf.«

»Du hättest damals den richtigen Mann heiraten sollen, dann hätten wir jetzt nicht all diese Scherereien. Dann hättest *du* jetzt das Haus und nicht er. Dafür haben wir ja schließlich mitgespart. Es gehörte auch uns. Und jetzt sitzt er darin mit einer neuen Frau, Jesus steh uns bei.«

Mein Vater sagte zwar nichts, aber er war derselben Ansicht, er zupfte an seinem Halstuch. »Gib mir doch noch'n kleines Stück«, sagte er.

»Bitte«, fügte ich hinzu, »sag doch einmal bitte, wenn du etwas von Mama willst.«

»Was ist mit dir? Willst du dich jetzt auch noch mit mir anlegen?« fragte er böse.

»Nein, ich will mich mit niemandem anlegen«, antwortete ich.

»Hat denn seine ... Frau wenigstens Arbeit? Wovon leben die denn?«

Danach folgt die jüngste Tradition unserer Familie, etwa fünf Jahre alt: Erst wenn ich wütend geworden bin, hören die Sticheleien gegenüber meinem Exmann auf. Und ich wurde wieder wütend, so, als wäre es das erste Mal. »Hör endlich auf, Mama, hör einfach auf! Er ist Annas Vater, ob es euch nun paßt oder nicht, und sie soll und muß und wird sich ihre eigene Meinung über ihn machen!«

Danach kehrte die gewohnte Stille zurück, und meine Mutter sagte darauf fast entspannt: »Nun schrei doch nicht so, man wird ja wohl noch was reden dürfen.« Und sie knöpfte sich die Strickweste zu.

Es wurde wieder belanglos und sanft. Meine Mutter füllte Kaffee nach, reichte die Milch herum: »Soll ich neue Milch aufschlagen?«

»Nein danke, Mama, es ist alles gut.« Sie hatte vor Aufregung ihr Kuchenstück nicht einmal angerührt.

Wir schlürften den heißen Kaffee, durch das offene Fenster klingelte die Straßenbahnglocke und ein kurzes Hupen, als würde jemand abgeholt.

»Und wie isses sonst?« fragte mein Vater scheinbar unverbindlich, aber meine Mutter konkretisierte sofort: »Papa meint, ob du einen Verehrer hast. Wir finden, daß es wieder mal Zeit ist, mit einem netten Mann auszugehn.«

»Ich will aber keinen netten Mann«, sagte ich.

»Tja, das ist ja das Problem«, zischte meine Mutter spitz.

»So zu enden wie ihr, *das* ist das Problem!!« schoß es aus mir heraus, und im selben Augenblick tat es mir auch schon leid, und ich hätte die Worte gern wieder zurückgeholt. Mein Vater zuppelte an seinem Halstuch, stand auf und ging hinüber ins Wohnzimmer, meine Mutter bekreuzigte sich und begann sofort den Tisch abzuräumen.

Es ist wie ein Untergang, anders sein zu wollen als die angeborenen Vorbilder. Es ist, als ob man sich selbst ein Leck schlägt. Die eigene Berechtigung ersäuft. Dann kriecht Mitleid in den Widerstand, wie ein Serum. Und man läßt es sein, weil man sich schuldig fühlt.

Ich umarmte meine Mutter. »Entschuldige bitte«, sagte ich, »ich bin heute nicht gut beieinander« und wollte ihr beim Abräumen helfen.

»Ist schon gut«, lächelte sie erleichtert, »geh ruhig zu Papa rüber, ich mach es lieber allein, dann geht es schneller.«

Ich nahm meinen Vater in den Arm, gab ihm einen Kuß und entschuldigte mich auch bei ihm. Er lächelte mit demselben Ausdruck wie meine Mutter und lehnte sich beruhigt in seinen Sessel zurück.

Ich liebe diese beiden alten Menschen. Ihre Unterschiede und ihre Ähnlichkeiten, auch wenn ich sie oft gern anders hätte. Und ich bin froh darüber, daß sie nie jemandem auch nur das Geringste angetan haben, sie waren keine Nazis, alles Völkische ekelt sie an, Gewalt und Protzerei stößt sie ab. Ihre Maxime war nie eine materielle, sondern immer eine moralische: anständig zu bleiben.

Ich weiß, daß auch sie mich lieben, selbst wenn das meiste, was sie tun, scheinbar dagegen spricht. Sie lieben mich. Sie sagen es nie, aber sie tun es, weil sie es wollen. Und sie wollen es, weil sie mich gemacht haben. *Wie* sie mich gemacht haben, bleibt ihr Geheimnis. Mir das vorzustellen, wäre obszön. Eltern haben kein Geschlechtsleben, jedenfalls meine nicht. Eltern sind asexuell. Sie sind Ernährer und Beschützer. Und das ist nicht das Schlechteste: ich habe nie gefroren und nie gehungert. Aber auch nichts über Liebe zwischen Frau und Mann gelernt. Vielleicht weil sie es selbst nicht wußten. Sie wußten nicht, wie man Liebe lebbar macht und wer das andere Geschlecht ist.

Damals wußten Frauen eben nichts über Männer. Dies wäre unschicklich und verrucht gewesen. Und die Männer wußten nichts über Frauen, obwohl sie mehr Möglichkeiten gehabt hätten, aber es hat sie noch nie wirklich interessiert. Sie wußten auch nichts über Kindererziehung, dachten, die werden schon irgendwie groß, so wie sie selbst auch. Irgendwie zwischen den Essens- und Schlafenszeiten. Nur genug zu essen muß es geben und warme Kleidung. Kinder brauchen es warm, und sie müssen satt sein. Der Rest fügt sich. Den Rest fügt Gott. Den so wichtigen Rest, zwischen hungern und frieren, atmen und sich bewegen, die Kultivierung der anderen Sinne, überließen sie ausgerechnet einem Außerirdischen. Sie hatten andere Probleme. Außerdem war da ja noch die Schule.

Natürlich habe ich von meinen Eltern auch etwas gelernt: Anna hat bis heute weder gefroren noch eine Sekunde gehungert. Und ich habe diese beiden Menschen lange beneidet um ihren Frieden, jeder schien etwas gefunden zu haben, mit dem er imstande ist, seinen inneren Feind in Schach zu halten. Ich beneidete meinen Vater um seine Eitelkeit und meine Mutter um ihren Glauben.

Die Eitelkeit meines Vaters ist bis heute eine Art Uniform, die ihn zu seiner Disziplin zwingt: zur strikten Pflichterfüllung in persönlichen Dingen, der geraden Körperhaltung und der feinen Ordnung in der Buchhaltung des Beamten Schneider. Aber es gab nie ein Gespräch darüber, warum er dieses Gerüst braucht.

Und meine Mutter scheint mit ihrem Gott in einem konspirativen Verbund zu stecken. Sie sprach und spricht mehr mit ihm und über ihn als mit mir, über mich. Ich wünschte, ich könnte mich so selbstlos wie sie den göttlichen Vorschriften hingeben und mir vorstellen, da hört mir tatsächlich einer zu. Ich fragte sie einmal als Kind, welches der Zehn Gebote ihr liebstes ist. »Das erste Gebot«, antwortete sie. »Du sollst neben mir keine anderen Götter haben«, und ich war enttäuscht, weil mir »Liebe deinen Nächsten wie dich selbst« besser gefiel. Ich wünschte, daß sie, statt mich immer nur zu füttern und warm anzuziehen, einfach für mich dagewesen wäre, neben mir sitzend, als meine Vergrößerung und meine Antwort. Danach kritzelte ich unter mein Bett: Gott ist gemein.

Aber die Generationen haben unterschiedliche Aufgaben, und Kinder müssen ihre Antworten selbst finden. Das habe ich gelernt. Eltern sind, aus der Perspektive der Kinder, eine Vergangenheit ohne Anfang und für sie schon immer da, wie ihre Hände. Sie hängen an ihren Eltern wie ihre kleinen Hände an ihrem Körper, und sie brauchen sie als Haltegriff. Ein Kind dagegen ist ein Zusatz in der Zeitrechnung der Eltern, eine Zukunft, die sie selbst überdauern wird, und das macht angst.

Es fällt mir schwer wegzugehn. Jedesmal verlieren mein Vater und meine Mutter für Momente ihre Ordnung, wirken unsicher und hilflos. Jedesmal wenn ich komme, sind sie jung vor Freude, und wenn ich gehe, werden sie alt und traurig. Und jedesmal werde ich kurzatmig und fühle mich schuldig, weil der Abschied sie noch älter macht.

»Ich muß gehn«, sagte ich, »danke, Mama, für den wunderbaren Kuchen.«

»Hab ich doch gern gemacht. Mußt du denn arbeiten?«

»Nein, ich wollte mich mit Theo treffen.«

»Ist der denn schon geschieden? Ist eigentlich auch ein netter Mann«, bohrte sie von neuem.

»Mama, bitte.«

»Ja, ja, schon gut, soll ich den Rest Kuchen einpacken?«

»Nein danke.«

»Ist was mit dir?« Sie fragte besorgt.

»Nein, nichts, wieso?« antwortete ich.

»Du siehst nicht gut aus«, sagte mein Vater, »vielleicht kriegst du eine Sommergrippe. Paß auf, das ist nicht angenehm.«

»Ja, ich passe auf mich auf«, versprach ich, »und ihr auch auf euch, ja?«

»Gott mit dir, mein Kind«, sagte mein Mutter wie immer, und mein Vater traditionsgemäß:

»Vergiß nicht, die Gesundheit ist das Wichtigste!«

Ich fuhr ins Vorgebirge, vom Südkreisel aus auf die Autobahn in Richtung Bonn. Die Luft blendete wie poliertes Messing, und ich setzte die Sonnenbrille auf. Es war ein heißer Nachmittag, und die Hitze machte fleischig und schwer, juckte auf der Haut wie Wolle. Ich drehte die Fenster herunter, schob die Dachluke hoch. Und sofort flatterte der Wind wie tausend Tauben um mich herum, zwickte, preßte, kühlte, und es tat gut, kalt zu werden und hart. Der kleine Sturm machte fest und standhaft. Ich hielt das Steuer mit beiden Händen, drückte die Arme gerade durch. Der Krach isolierte jede Erinnerung. Es störte mich nicht, daß mich andere donnernd überholten. Sogar ein kleines, rotschwarzes Etwas, das aussah wie ein Kugelfisch auf vier Rädern, hupte sich an mir vorbei. Und beide sahen sie albern aus, das Auto und sein Fahrer, zusammengequetscht vom neuen Design der Platzersparnis. Ich hatte mehr Platz und mehr Luft und atmete tief durch. Etwa auf der Hälfte der Strecke wieder dieser gallige Gestank im Hals, der es unmöglich macht, weiter durchzuatmen.

Hier nützt es nichts, die Fenster hochzudrehen, dieser pestige Geruch kriecht durch jede

Ritze. Besonders im Sommer, wenn die Abgase zurückgedrückt werden auf die Erde, schwebt der grüngelbe Schwefeldampf wie ein unheilvoller Mummenschanz über der gigantischen Ölraffinerie. Die Anwohner fordern seit Jahren bessere Filteranlagen, leider bislang vergebens.

Ich fuhr die Ausfahrt Bornheim ab, auf das Vorgebirge zu, das sich wie ein Obst- und Gemüse-Croissant zwischen Köln und Bonn krümmt. Und wieder war der Ballonfahrtenverein in der Luft, zu Dutzenden, wie bunte Träume. Ich fuhr an Jeeps mit Anhängern vorbei, die am Ackerrand auf die Landung der Vereinsmitglieder warteten. Ab und zu rauschte die große Gasflamme wie eine Brandungswelle durch die Luft.

Als Kind hatte ich die Vorstellung, wenn ich jemals in einem Flugzeug sitzen würde, gehörte ich bestimmt zu der Kaste der bedeutenden Menschen. Nur wichtige Menschen konnten den direkten Weg nehmen, wir unten mußten Umwege fahren. Ich dachte, die Welt ist in Zonen eingeteilt, und die Erde gehört den Armen, der Himmel den Reichen. Ich hätte nie gedacht, daß ich als Studentin für 350 DM eine Woche Urlaub auf Mallorca machen würde, mit dem Flugzeug und sogar im Drei-Sterne-Hotel mit Halbpension. So gesehn, hat die Globalisierung hier zwar die Kasten demokratisiert, allerdings für den Preis, daß sich, weltweit, die Armutszonen vergrößern.

Theo verabschiedete gerade einen Kunden, dem er offensichtlich das Richtige aus Holland mitgebracht hatte, als ich in den Hof einbog. Er war gutgelaunt und rieb sich die Hände: »Na, guck mal in den Schuppen, was der liebe Theo noch mitgebracht hat«, strahlte er. Die Holztür knarrte, als er sie heftig mit einem »et voilà!« aufzog. Und da stand ein altes, verstaubtes, zerbröseltes Karussellpferd. »Was meinst du, was das für ein Schmuckstück wird, wenn ich es erst mal geputzt und gestriegelt habe.«

»Aber so sieht es ziemlich traurig aus, als hätte es sich sehr lange im Kreis gedreht«, sagte ich.

»Na, wie ös et hück?« rief Frau Müller von den Hühnern herüber. »Besse? Mösse se nit mih knaatsche?«

»Nein, heute ist alles gut«, sagte ich.

»Na, dat moß jo och mol sin, nit woa?« sagte sie nickend. »Ävver mir ös hück nit jod, de Knee, wössen se, de Knee wole nit mie.«

»Waren Sie immer noch nicht beim Arzt?« rief Theo zu ihr hinüber.

»Ach, dat wössen se doch, isch jon do nit mih hin, seit die minge Mann ungesög han und der nit mih usem Krankehus zurückjekomme ös.«

»Aber ihr Knie ist schon ganz dick«, rief Theo erneut.

»Ja, ja, zemlisch dick, ach, wied schon wedder, wied schon«, murmelte sie in sich hinein und humpelte in den Stall.

»So!« sagte Theo fordernd. »Ich lade dich jetzt zu dem schönsten Amarenabecher ein, und du sagst mir, was gestern los war.«

»Es war nichts«, antwortete ich.

»Gut, dann erzählst du mir eben, wie es nicht war.«

»Ich habe aber keine Lust«, sagte ich.

»War das seine Frau im Stadtgarten?«

»Nein.«

Da wurde Theo zuerst in Griechisch wütend und lief im Hof herum, dann schimpfte er in Deutsch weiter, blieb aber dabei stehen: »Also doch'n Arschloch! Ich hab's gewußt, diese Ratte! Der kann zusehn, wie er an sein Schaukelpferd kommt, von mir kriegt er jedenfalls keins!«

Ich schlug den Gong. »Hör auf! Es war seine Schwester.«

»Ach ja? Gut, und wo ist dann das Problem?«

»Bei mir«, sagte ich, »ich werd meine Traurigkeit nicht los.«

»Sag mir fünf Gründe, warum du sie loswerden willst«, sagte er.

Ich überlegte, und mir fiel nur fünfmal dasselbe ein: »Ich will mich besser fühlen. Ich will mich besser fühlen. Ich will mich besser fühlen ...«

»Ist doch schon was, komm mal mit!« Theo zog mich auf das Sofa unter der Palme, und wir versanken im roten Plüschsamt. »Ich erzähl dir jetzt, was mir meine Oma sagte, als ich noch auf ihren Schoß paßte. Die von den Türken vertriebene Oma, die Mutter meiner Mutter. Die war auch immer traurig, bis zu ihrem Tod, also die sagte mir: ›Wenn du verloren hast, wohin du gehörst, setzen dir die unseligen Geister den Nachtvogel ins Herz‹«.

Das war wieder so ein Theo-Satz, der das innere Funktionieren ausschaltet. »Was?«

»Also«, fuhr er fort, »in den mitteleuropäischen Pragmatismus übersetzt heißt dat: Entweder, du gehst zurück zu Dante, oder du legst ihn zu den Geisterakten. Dazwischen jit et nix. Dat sag isch dir sowohl als ausländischer Mitbürger, mit all dem komplizierten Gedrisse, das da dranhängt, als auch als einfacher kölscher Jung von nebenan. Du mußt aufpassen, dat sisch der schwarze Vogel nicht einnistet, Liebschen.«

»Und was davon ist jetzt Dichtung, und was ist wahr?« wollte ich wissen.

»Das ist nicht so wichtig«, sagte er. »Wichtig ist zu kapieren, daß der Nachtvogel ein falscher Prophet ist und einsam macht.«

»Ist denn wenigstens deine andere Oma glücklich geworden? Die lebt doch seit ihrer Geburt am selben Platz.«

»Die ist Bäuerin gewesen, die hat ihr Leben nicht in den Discos von Athen abgefeiert. Natürlich hatte meine Papa-Oma auch eine Philosophie. Schau Theo, sagte sie, wie dumm die Natur ist, sie hat kein Gedächtnis, sie erinnert sich nicht daran, daß der Frost letztes Jahr die Aprikosen zerstört hat, sie hat ihn uns schon wieder geschickt, und wieder ist die Ernte hin. Aber, Theo, die Natur hat einen Willen, sie fängt immer wieder von neuem an und wächst sogar durch die Steine. Doch eines ist die Natur nicht, Theo, die Natur ist nicht klug. Sie kann das Korn nicht säen und ernten und keinen Garten anlegen. Du mußt die Blumen, die du sehen willst, selbst einpflanzen.«

»Und was ist, wenn der Frost bleibt?«

»Meine Oma ist Bäuerin, nicht Gott, aber so, wie ich sie kenne, würde sie alles dransetzen, ihre Blumen wachsen zu sehn. Vielleicht baut sie dann ein Treibhaus.«

»Eben«, sagte ich, »nenn mir fünf Gründe, warum sie auf ihre Blumen verzichten sollte.«

»Ich bin nicht meine Oma, ich bin Theo.«

Wir holten die restlichen verstaubten Antiquitäten aus dem Kofferraum und packten sie in einen Karton. Türhalter, Kerzenständer, silberne Schalen, Brieföffner, kleine Spiegel, Bilderrahmen und vieles mehr. Theo wickelte ein schmales, silbernes Etui aus dünnem weißen Papier: »Das habe ich Ulla mitgebracht«, sagte er. Wir trugen die Sachen in sein Atelier. Mir fiel ein, daß ich kein Hochzeitsgeschenk hatte. Und Theo hatte es auch vergessen. Nach langem Hin und Her, ob Bilderrahmen für die zukünftigen Traditionen oder ob Türhalter, damit sich keiner von beiden einschließen kann, entschlossen wir uns, dem Hochzeitspaar die zwei kleinen Spiegel zu schenken, damit sie nicht vergessen, ab und zu in sich selbst hineinzusehn.

Dann luden wir das Schlagzeug ein, die mittleren Congas und die Handtrommel, Theo hatte Leyla versprochen, in der Band des persischen Sängers mitzuspielen. Er fuhr schon vor, um Ulla abzuholen. Ich schrieb Anna ein Gute-Nacht-Fax und zog mich um. Und währenddessen begann ein Sonnenuntergang wie eine Hymne ans Licht. Mit jedem Millimeter, den die goldrote

Sonne im Horizont absank, schob sich eine andere Farbe in den Himmel, um sich bald darauf in eine neue zu verwandeln. Anfangs wehte ein weites Rubinrot über den halben Himmel, der sich wie ein gigantischer saphirblauer Schirm aufgespannt hatte, wie ein Orakel, um dann unmerklich dem Bronzerosa vor einem Vorhang in Aquamarin zu weichen, gefolgt von Streifen in Lachsgelb vor Taubenblau, die auch nur kurz verweilten, um dem Betrachter ein Veilchenviolett zu schenken, das sich vor einem breiten Horizont in Lavendel breitmachte, gesprenkelt mit dicken Striemen in Korallenrot und Ziegelgelb. Theo sagt: »So was sieht man nur auf dem Peloponnes und hier.«

Leyla stand mit Zeki, dem Lokalbesitzer, an der Tür und begrüßte die Gäste. Sie freute sich mit ihrem breitesten Lachen und einer festen Umarmung. Leyla Ertan ist Ärztin aus Leidenschaft und arbeitet darüber hinaus in einer Handvoll politischer und sozialer Organisationen. Ich habe sie letztes Jahr zu zwei Aktionen begleitet, einmal bei »Ärzte ohne Grenzen«, die Flüchtlinge aus Bosnien betreute, und einmal in die Sporthalle zu einer Veranstaltung der kurdischen Befreiungsfront. Dort hatte sie eine Rede gehalten über die Vertreibung und Vernichtung ihres Volkes. Alle aus ihrer Familie sind als politische Flüchtlinge anerkannt worden. Ihr Vater war Apotheker in Diyarbakir gewesen und stand unter Verdacht, den Widerstand zu unterstützen. Regelmäßig wurde er festgenommen und verhört, wochenlang willkürlich eingesperrt und gefoltert. Als sich die Guerilla in den Bergen versammelte, wußte er, daß das der Beginn eines langen Bürgerkrieges sein würde, und er ist mit seiner Frau und den beiden Töchtern vor über zehn Jahren nach Duisburg übergesiedelt. Seit fünf Jahren ist Leyla meine Nachbarin, vor drei Jahren hat sie sich nach einer Kurzehe von ihrem deutschen Mann scheiden lassen. »Der versteht meine Musik nicht«, hat sie einmal zu mir als Grund für ihre Trennung genannt. Mehr nicht, nur, »der versteht meine Musik nicht«.

Das Lokal war bis an die Wände gedrängt voll. Die Luft ein Gebräu aus fremden Wörtern, Zigarettenqualm, Dutzender verschiedener Parfums, aus lautem Lachen mit goldenen Zähnen, aus Kinderstimmen jeden Alters und einer Musik, die an entferntere Sonnenuntergänge erinnerte.

Theo saß auf einem kleinen Podest am Ende des Raumes, zwischen den anderen Musikern, die sich noch einrichteten. Ulla winkte mir gutgelaunt herüber, sie war die einzige blonde Frau im Lokal und hatte den weitesten Ausschnitt aller weiblichen Gäste. Ich fragte sie, ob sie wisse, wann Katja freigegeben würde. »Das wird nichts vor Ende der nächsten Woche«, antwortete sie, »hat die Kripo gesagt. Stell dir vor, ihre Mutter hat im Vollsuff Beate beschimpft, wir hätten unsere Aufsichtspflicht vernachlässigt, stell dir das mal vor! *Sie* wirft das *uns* vor!!«

»Ich würde dir gern meine Eltern vorstellen«, sagte Leyla, und wir drängelten uns zwischen den Tischen, über die Tanzfläche am Brauttisch vorbei hinüber zur Fensterseite. Die meisten jungen Leute sprachen Deutsch, die älteren verstand ich nicht. Aber sie lächelten alle sehr freundlich. Die Brauteltern und die Eltern des Bräutigams saßen nebeneinander an der langen Tafel, wie Richter bei Gericht, die beiden Väter in der Mitte, in dunklen Anzügen und weißen Hemden mit Krawatte, die beiden Mütter wie Schöffen daneben, mit viel Rotgold an den Armen, am Hals und an den Ohren.

Theo nennt sie »die weißen Tage«: Geburt, Hochzeit und Tod. »Das sind die drei größten Feste des Kleinbürgers, zu dem der Mann schwarz und weiß mit Krawatte trägt und die Frau ihren ganzen Schmuck. Da wird er offiziell und förmlich, und er ist es gerne. Im Schnitt gibt es pro Person und Leben fünfmal die Gelegenheit, sich fein zu machen: eine Hochzeit, zwei Kinder und zwei Mal Leichenschmaus, fünf weiße Parties sind der individuelle Olymp einer durchschnittlich fünfundsiebzigjährigen Lebenserwartung. Zeit für Urkunden und tragende Worte, Pathos, Photos und besinnungslose Besäufnisse.«

Nicht so bei dieser orientalischen Hochzeit. Hier trank kaum jemand Alkohol, jedenfalls habe ich es nicht gesehen.

Leylas Vater sprang auf, drückte mir herzlich die Hand und zog mich in eine Umarmung. Immer, wenn sie Leyla besucht hätten, wäre ich nicht dagewesen. Nun endlich würden wir uns kennenlernen. »Willkommen, willkommen!« sagte er über das ganze Gesicht strahlend. Ich bedankte mich, auch ihre Mutter stand auf, nahm mich gleich in den Arm und gab mir einen Begrüßungskuß. »Willkommen!« Bei ihnen würden Freunde sich umarmen, nicht die Hand geben, sagte sie. Der Vater des Bräutigams und die Mutter standen ebenfalls auf und umarmten mich. Ein ungeschultes Auge würde den Unterschied der beiden Volksgruppen sicher nicht gleich erkennen, wie hier überhaupt kaum jemand die einzelnen afrikanischen Nationalitäten oder die asiatischen Volksgruppen voneinander unterscheiden kann. Aber der Unterschied zwischen den beiden Eltern war sowohl hörbar als auch sichtbar. Das Kurdische ist eine eigene Sprache, und Leylas Eltern sind dunkler im Teint. Der Vater trägt einen wuchtigen Oberlippenbart, das sei kurdische Tradition, die Eltern des Bräutigams dagegen haben helle Haut und der Vater ein flächiges, glattrasiertes Gesicht. Beide Frauen hatten sich die Augen mit schwarzem Kajal geschminkt und die kurzen Haare beim Friseur machen lassen.

Ich fragte Leyla, ob ich Kurden und Türken anders ansprechen müsse. »Hier gibt es keine Unterschiede mehr«, sagte sie, »jetzt sind wir eine Familie, durch die Liebe dieser beiden durchgeknallten Kinder!«

»Ich bin aber kein Kind mehr«, sagte Evin, die wunderschöne, sehr junge Braut, und ihr ebenfalls sehr schöner, junger Ehemann fügte mit einer gespreizten Rappergeste hinzu: »Lieber durchgeknallt und lebendig als stino und gähn!«

Das Brautpaar saß an einem eigenen Tisch, auf dem die Geschenke bereits keinen Platz mehr hatten. Wie Orden wurden ihnen rotgoldene Geldstücke mit arabischen Suren angesteckt, dann wieder blaue Augen gegen den bösen Blick, Evin bekam goldene Ketten umgehängt und goldene Armreifen zugesteckt, und überall dazwischen war Geld angeheftet, vom Revers bis zum Sakkosaum, vom Kleiderausschnitt bis zur Taille. Das sei ebenfalls Tradition, zum einen wird dabei der Wert der Geschenke gesehen, zum anderen zeigt die Fülle von Geld und Gold den Reichtum des Paares.

Ich übergab ihnen die Spiegel. »Von Theo und von mir«, sagte ich, »für jeden einen eigenen Spiegel.«

»Danke«, sagte Evin und nahm mich in den Arm. »Keine Angst, bei uns ist das für immer. Bei uns verspricht man sich nicht, ›bis der Tod euch scheidet‹, sondern, daß wir zusammen alt werden wollen auf einem Kissen.« Und ihr Mann ergänzte: »Bei euch ist heiraten 'n Sakrament, bei uns schließt man 'nen Vertrag mit Zeugen und so – Islam ist da viel cooler.« Wußten die beiden nicht, daß der Islam die Frau mit einem Acker vergleicht, den der Mann zu bearbeiten hat?

Ich fragte nicht, welches »bei uns« sie meinten, denn soviel ich wußte, hatten beide den deutschen Paß und lebten in Köln-Kalk. Vielleicht erfordert ja ihre Not mehrere Sicherheiten und Bürgschaften, dachte ich. Aber ich hatte keine Einwände und verspürte auch keinen Protest. Ich war nur Gast. »Ist das nicht witzig«, sagte Ulla, »jetzt sind wir selber Ausländer unter Ausländern.«

Ich war aus allen Beziehungen raus, das war bequem und machte unverletzbar. Ich schwebte zwischen den jungen Gesichtern, als ginge ich sie gar nichts an, lächelte heiter und leer zurück, wenn ich gegrüßt wurde. Auch ich war mal so gewesen, wie sie jetzt waren, und verstand ihre verstohlene Erwartung, mit der sie ihre Gesten und Bewegungen steuerten, das nächste »weiße Fest« möge doch ihr eigenes sein. Ihre Schönheit, das Gold, die Sprache, die Herzlichkeit, ihr Geruch, das Essen, alles schien mir wie eine fremde Landkarte, in der ich mich verlaufen hatte. Ich dachte an Rick, wo er wohl gerade wäre, aber mir fiel nichts ein. Ich wußte nichts von ihm, und der Blick blieb blind.

Der Raum war kaum geschmückt wie bei einheimischen Festen, ob Betriebsfeier oder Geburtstagsfete, da geht nichts ohne Girlanden, Ballons und Konfetti. Aber hier lagen nur weiße Papierdecken auf den zusammengeschobenen Tischen, mit Sonnenblumen- und Melonenkernen, Pistazien, Erdnüssen, Chips, Salzstangen und Getränken, und jeder am Tisch kaute und knabberte auf seine sonderbare Art und wartete.

Endlich begann die Musik. Leyla sagte, der Sänger sei ein Star im Vorderen Orient und sehr beliebt. Er wurde begeistert begrüßt und beklatscht, er bedankte sich fast scheu und setzte sich auf ein Kissen. Eine Art Ouvertüre begann, von vier Instrumenten begleitet, zwei verschiedenen Lauten, einer kleinen Geige, die auf dem Knie stehend gespielt wurde, und der Handtrommel. Für Theo war es etwas Besonderes, mitspielen zu dürfen, und er genoß es sichtlich, dabeizusein. Der Sänger hatte derweil sein Gesicht zur Brust gesenkt, wie zur Meditation, als er mit einem langen Ton, von der Geige gestützt, ein Lied begann, worauf die Gäste direkt den Rhythmus mitklatschten. Die Kulturen unterscheiden sich nur durch ihre Rhythmen, dachte ich. Plötzlich war Orient in Köln, der Sänger nickte ins Publikum, und die Tanzfläche füllte sich im Nu mit schnipsenden Fingern und wedelnden Hüften. Leyla zog mich mit in das Gedränge, und ich verschwand im weißen Fest des jungen Paares, in ihrer Musik, die wie Goldstaub in alle Poren kroch, tanzte Stunden durch die Hitze der geschlossenen Gesellschaft.

Ich liebe Musik, nahezu jede. Sprache hat den Menschen zwar von der Barbarei befreit, und die Schrift befähigt ihn zum Kulturwesen, aber erst die Musik erhebt ihn ganz aus den Gesetzmäßigkeiten der Natur.

Mein Kleid klebte vom Schweiß wie eine Hülle auf mir, und ich fühlte mich unsichtbar, wie von der Musik verschluckt. Alles schwitzte, auch das schöne Paar, sie hatten die Geldscheine abgenommen und bei den Brauteltern deponiert. Und die thronten weiterhin stolz und fein gemacht auf ihrem Olymp. Evin hatte ihre Frisur gelockert, und die schwarzen, hüftlangen Wellen zeichneten fließend neue Motive auf das weiße Brautkleid wie Art-deco-Stickereien. Leyla war zufrieden, daß ihr Piepser still geblieben war und daß nichts Peinliches das Fest gestört hatte.

Gegen drei Uhr in der Früh verabschiedeten wir uns. Der Himmel hing grau und tief, wie abgestanden, über der Stadt, als ich mit Theo und Ulla nach Hause zurück aufs Land fuhr. Meinen Wagen ließ ich dort stehen.

7

Gestern begann der Tag mit einem endlosen Geklingele, Gezwitschere und Gegackere. Zuerst klingelte der Postbote mit einem Einschreiben für Theo. Und Theo stand auf, wikkelte sich das Laken um die Hüften, watschelte über den Hof, unterschrieb gequält und latschte zurück in sein Bett und in Ullas Arme. Dann krähte der Hahn, einmal, zweimal und noch öfter. Danach klingelte Bauer Stelzer, weil er den Rasenmäher zurückhaben wollte. Artig rollte ihn Theo aus der Scheune, entschuldigte sich, ihn nicht eher zurückgebracht zu haben, und verzog sich wieder zügig in sein Zimmer. Kurz darauf hupte die Eierfrau, die wöchentlich frische Landeier von ihrem Auto aus verkauft. Noch einmal pellte sich Theo aus der Bettschwere, holte eine Schale aus der Küche und reichte sie wortlos mit drei Mark der Frau. Die füllte zehn Eier hinein und verabschiedete sich. Theo brummelte danke, danke, und verkroch sich sofort wieder in sein Zimmer. Währenddessen gackerten die Hühner um die Wette, wer es wohl lauter kann. Dann klingelte das Telefon. Aber Theo hatte keine Lust mehr. Es klingelte wieder, niemand hob ab. Und es begann von neuem. Da erbarmte sich Ulla. Es hätte ja auch das Heim sein können. Aber es war für mich, und vielleicht weil sie sich nicht anziehen wollte, weckte sie Theo erneut, und er brachte mir das Telefon: »Hier für dich, und wehe es ist nicht wichtig«, sagte er und fummelte den Hörer durch das Moskitonetz. Mir war immer noch, als würde ich von Derwischen gefoltert und ich müßte mich bis ans Ende meiner Tage im Kreise drehen. »Was ist das? Heiraten die immer noch?« hörte ich mich sagen.

»Nein, es ist ein Mann, der sich gerade scheiden läßt«, zischte Theo.

Rick! schubste sich der Name aus meinem Mund, Rick! Rick! Rick! Richard! Und ein Riesengong isolierte den Rest der Welt von seinem Namen.

»Ja?« fragte ich etwas wackelig.

»Ich bin's«, antwortete er.

Mir fiel nur »schön« ein, ein großes »Schön« voll »Hotelterrasse« und »bleib«.

»Laß uns reden«, sagte er.

»Ja, laß uns reden«, antwortete ich und dachte, hören macht satt und daß es schön ist, Ohren zu haben. Ich hörte zu wie ein Tonband, mir entging nichts.

»Womit fangen wir an?« Jetzt wackelte seine Stimme.

»Mit uns«, schlug ich vor.

»Hast du *uns* gesagt?«

»Ja.«

»Das ist gut«, hörte ich, und es war ganz deutlich, wie er entspannte. Ich genoß das Rauschen im Ohr, seine Anwesenheit in meinem Kopf.

»Bist du noch dran?« fragte er.

»Ja, bin ich, womit machen wir weiter?« fragte ich zurück und folgte der Gegenwart ohne weitere Kommentare.

Rick sagte: »Damit, wie wir es besser machen können als bisher.«

Dann ich: »Ist das nicht zu spekulativ?«

Er: »Nur, wenn man es nicht ernst meint.«

Ich: »Woran merkt man, daß es ernst gemeint ist?«

Er: »Ob wir uns zuhören.«

Ich: »Das ist gut.«

Er: »Wie geht es jetzt weiter?«

Ich: »Wovor hast du Angst?«

Er: »Allein gelassen zu werden, ich glaube, das ist für mich schwerer als allein zu sein, und du?«

Ich: »Ich vertrage keine Lügen. Egal von wem. Für mich ist Lügen die größte Form der Mißachtung. Wie siehst es mit Schwächen aus?«

Er: »Nicht gut, fürchte ich, ich habe gern das Sagen und pule immer das Eigelb aus dem Eiweiß, den Rest mußt du schon selbst herausfinden. Was ist dein größter Wunsch?«

Da fiel mir eine Menge ein, aber kein Wunsch war der größte, und alles zusammen wäre Kitsch.

»Es gab da einen«, antwortete ich, »der hat mir vorgeworfen, ich sei wunschlos, weil ich nichts verschieben wollte ...«

»Kein Mensch ist wunschlos, aber das Leben ist auch keine Planwirtschaft. Was hast du ihm getan?«

»Nichts. Ich wollte mir nur nichts wünschen. Ich wollte ihn für jetzt und nicht für immer. Liebe hat keine Zeit und kein Ziel, war damals meine Parole.«

Dann gab es eine Pause, die ich nicht verstand, und ich fragte Rick, ob ich ihn verschreckt hätte.

»Nein«, sagte er, »erinnert. Marie hat mir einen ähnlichen Satz auf eine Postkarte geschrieben, bevor sie die Trennung wollte: Es gibt keine Beziehung zwischen Start und Ziel. Die Ehe ist keine Carrerabahn.«

»Eine kluge Frau«, sagte ich.
»War das dein Mann?«
»Nein, das war davor.«
»War er wichtig?«
»Der Wichtigste.«
»Was machte ihn denn so außergewöhnlich?«
»Er war der einzige, mit dem ich keine Angst vor dem Tod hatte, sondern vor dem Leben.«

»Oh!« sagte er mit einem Schnaufer, »da habe ich wohl schlechte Karten. Gegen die Zukunft kann ich antreten, aber gegen die Vergangenheit ist jedes Rennen verloren.« Dann gab es wieder eine Pause, und ich hatte das Gefühl, als wartete er auf eine Erklärung. »Willst du darüber reden?«
»Nein.«
»O. k.«
»Was willst du denn besser machen?« fragte ich.
»Das zum Beispiel.«
»Was ist das?«
»Nicht mehr so oft weg zu sein.«
Der Satz gefiel mir, und er paßte zu »bleib«. Manche Sätze sind gut wie Brot, dachte ich. »Wie willst du das machen?«
»Meine Schwester hat vorgeschlagen, eine Filiale in Köln zu eröffnen.«
»Mit was?«

»Mit Pelzen natürlich, wie meine Eltern, sie sagt, die Leute tragen wieder Pelz.« Es war nichts Hinterlistiges in seinem Ton, er meinte, was er sagte.

Ich war sprachlos. »Nein, das glaube ich nicht!« stotterte ich.

»Was glaubst du nicht?«

»Ich kann es nicht fassen, daß heutzutage noch irgend jemand ernsthaft mit Pelzen Geschäfte machen will!«

Jetzt klang er schärfer, gemischt mit ein bißchen Wut: »Auch das noch! Genau das war die Axt im Hause Köster, mein Vater war einer der besten Kürschnermeister Europas, aber meine Mutter hat seinen Beruf gehaßt. Ihr zuliebe habe ich Sprachen studiert, und meine Adoptivschwester hat das Geschäft übernommen.«

»Wieso fährst du dann Autos?«

»Sollte ich etwa dolmetschen? Oder als Reiseführer Paris erklären? Nein, das wollte ich nie. Aber mittlerweile bin ich ein recht passabler Kaufmann geworden. Ich fahre die Autos ja nicht nur, ich verkaufe sie auch. Also meine Miete werde ich immer noch selbst bezahlen können.«

»Wie lange hat KB bei euch gelebt?«

»Er kam mit neun und ging mit sechzehn.«

»Ist er danach nie wiedergekommen?«

»Nein, der hatte schon immer mehr Lust am Kaputtmachen als am Kompromiß.« Ich merkte, daß er nicht weitersprechen wollte.

Es raschelte und knackte in der Verbindung. Ich hörte den Rasenmäher von Bauer Stelzer, der vor der Mittagshitze fertig werden wollte. Der Hahn krähte ein paarmal hintereinander, als wäre er wütend. Durch die Ritzen der Fensterläden zwängte sich ein Lichtbündel quer durch den schmalen Raum, über die schon etwas welken Rosenköpfe hinweg, und bildete an der Wand eine weiße Sonne. Ich genoß jede Sekunde.

»Rosa?«

Ich mochte meinen Namen aus seinem Mund und dachte, es ist gut zu antworten, da schließt sich ein Kreis zwischen Warten und Ankommen. »Ja, Rick?«

»Ich komme wieder.«

»Das ist gut.«

»Wartest du? Ich rufe gleich wieder an. Ich sehe gerade den Mike am Neumarkt. Bis gleich, ja?«

Und dann wurde es still und ruhig, als hätten sich Wind und Wellen versöhnt. Es war mir nicht einmal eingefallen zu fragen, welchen Mike er meinte. Ich fühlte mich groß und schrie nach Theo, über den Rasenmäherlärm und über jedes Hühnerchaos hinweg. »Theo! Theo! Theo! Komm schnell, bitte komm doch!!«

In Sekundenschnelle standen Theo und Ulla halb angezogen und atemlos vor Schreck in der Tür.

»Ganz ruhig«, sagte Theo wie ein Arzt, »werd erst einmal ruhig, was ist passiert? Was hat dieser Arsch gemacht?«

»Niemand hat nichts gemacht, Theo!« strahlte ich im Schneidersitz. »Ich habe etwas gemacht, Theo, ich!«

»Was, was hast du gemacht, Rosa?« hechelte Theo nervös.

»Gegenwart, Theo, ich habe Gegenwart gemacht!«

»Was soll denn das sein? ›Ich habe Gegenwart gemacht‹? Das klingt ja wie ein Tamagotschi-Buddha! Gegenwart gemacht! Bist du wirklich o. k.?« Theo versuchte mich durch das Moskitonetz festzuhalten, aber ich wich ihm aus.

»Ich bin so o. k. wie schon lange nicht mehr. Mir ist, als wäre ich riesig, als hätte ich riesige Augen und riesige Hände! Theo, Glück ist die Abwesenheit von Kleinheit!«

Ulla klatschte: »Das ist klasse, Rosa! Wo ist er jetzt?«

»Weg«, sagte ich, »er ist weg. Ist das nicht wunderbar?«

Theo schleuderte vor Wut den Tüll aus seinem Blick: »Was heißt, er ist weg? Wohin ist er weg?«

Ich beruhigte ihn, erzählte, daß Rick für eine Woche nach Stuttgart müßte, aber dann wiederkäme.

Ulla drückte mir vor Freude den Hals zu: »Klasse, Rosa, und ich freue mich für dich, und für uns alle mache ich jetzt einen Kaffee.«

Theo öffnete die Fensterläden, hakte die Tür auf. Von meinem Bett aus sah ich einen Ausschnitt Himmel, der glänzte wie frisch gestrichen. »Sag mir drei Gründe, warum gerade er«, sagte Theo an der Tür angelehnt.

»Sag mir einen, warum nicht«, antwortete ich.

»Eine Frage mit einer Gegenfrage zu beantworten ist zwar philosophisch, aber frustrierend.« Er lächelte gelöst, ohne den Zweifel ganz zu verlieren, »aber du hast recht, es gibt kein Warum.« Er nahm mich lange und fest in den Arm. »Ist auch egal warum! Das Herz versteht, was der Verstand nie begreifen wird. Was würde der olle Zorbas an dieser Stelle sagen? MUSIK!« Und er spreizte die Arme auseinander, schnipste mit den Fingern, drehte sich singend aus der Tür. Auch darin sind wir uns ähnlich, wenn Worte nicht mehr bis ans Sinnende reichen, wird der Rest mit Musik ausgefüllt. Ich hörte, wie er die Graceland CD so laut andrehte, daß die Rasenmähergeräusche abgedeckt wurden. Er war skeptisch, mit Recht, was wußte ich schon von Rick? Nichts. Aber, alles entscheidet sich im ersten Augenblick, hatte Rick gesagt, ob du stehenbleibst oder weitergehst. Ohne ein Warum. Ich genoß diesen Zustand ohne Fragen, eingepflanzt im Jetzt, groß und hell. Zurück in die Gegenwart, und ein Grashalm durchdringt den Stein, dachte ich und bekam Gänsehaut, als hätte ich etwas Kaltes getrunken.

Da fiel mir die Irre aus Jerusalem ein. Aber diesmal machte mir die Erinnerung keine Angst. Sie war eine seltsame Erscheinung ohne Alter gewesen, sie hätte dreißig oder auch siebzig Jahre alt sein können, für beides gab es keinen Beweis. Ihre Haare waren eingewickelt in ein braunes Tuch, und der Rest ihres Körpers auch, wie eine Made.

Ich entdeckte sie Weihnachten vor drei Jahren, bei meiner ersten Reise nach Israel. Das gelobte Land war mir plötzlich sehr wichtig geworden. Ich dachte, wenn ich es selbst sehe, würde ich verstehen, warum die Götter derart verfeindet sind. Aber wenn man diese Stadt gesehen hat, versteht man es erst recht nicht.

Da beten auf einer Handvoll Erde die unterschiedlichsten Menschen Schulter an Schulter in Hebräisch, Arabisch und in Lateinisch, ohne zu merken, daß ihre Götter nur andere Namen haben für die ewig selbe Frage: Was ist der Sinn unseres Daseins?

Diese eingewickelte Frau aber war schon längst darüber hinaus. Die Frage nach dem Sinn stellt sich nur, solange man sucht. Aber sie hatte damit aufgehört, hatte sich einen Parkplatz außerhalb der Wirklichkeit ausgesucht und sich unumkehrbar in ihrer Endstation eingerichtet.

Sie stand auf der anderen Straßenseite, am Rande des neueren Teils der Stadt, vor dem runden Eingangstor einer christlichen Einrichtung, unbewegt wie ein Briefkasten. Und ich suchte in den Mauern der Altstadt nach einem Eingang. Sie wäre mir auch nicht aufgefallen, hätte sie nicht diese große, weiße Plastiktüte mit beiden Händen vor dem Bauch gehalten und den Kopf darüber gebeugt, als wolle sie daraus essen oder trinken. Es war drei Minuten vor vier. Ich weiß nicht, warum ich auf die Uhr gesehen habe. Die Sonne ging gerade unter. So groß wie ein Haus und rot wie Feuer im Ofen. Ich blieb stehen und beobachtete sie quer über die laute, vierspurige Straße, dachte gleichzeitig, daß das ein sehr ungünstiger Platz für eine Performance war.

Niemand außer uns beiden stand. Alles bewegte sich an diesem steilen Berg entlang der Altstadtmauer zwischen dem Davidstor oben und dem Damuskustor im Tal.

Aber bald merkte ich, daß sie nicht spielte. Sie war das, was sie tat, stumm und starr wie ein

Briefkasten, und eingewickelt in sich. Ich hoffte, einen Grund zu entdecken, warum sie so war, und ließ sie nicht aus den Augen. Aber der Grund steckte unsichtbar unter dem braunen Stoff. Niemand würde jemals ihre Erfahrungen sehen oder ihren Blick verstehen, den ihr die Vergangenheit eingepflanzt hatte. Plötzlich war mir, als würde ich in meine eigene Zukunft sehen – eine Irre, Ver-irrte, die zur Schildkröte mutiert ist und feststeckt in ihrem Irr-tum, hautverkapselt, wehrlos und ohne Glück. Das machte mir angst. Mir gegenüber stand eine Frau wie ein Spiegelbild, die herausgefallen war aus den normalen Gefühlen, aus der Normalität überhaupt.

»Aber was ist normal?« dachte ich. Ganz normale Menschen haben die Rassengesetze erfunden, die Atombombe und die KZs. Wer kann da von Normalität sprechen, ohne nicht selbst ein Irrer zu sein? Man müßte mit Spikes geboren werden, um nicht aus dieser Wirklichkeit wegzurutschen.

Dann ging die eingewickelte Frau ein paar Meter die Straße aufwärts, in die Sonne, ohne ihre Haltung zu ändern: den Blick in der Tüte, die Tüte in beiden Händen, die Hände vor dem Bauch. Sie hinkte wie ein Tier mit einer wunden

Pfote. Ich folgte ihr auf meiner Seite, obwohl ich nach unten wollte. Ich war fasziniert. Plötzlich blieb sie wieder stehen, und ohne nach rechts oder links zu sehen, ging sie auf die Straße. Als wäre sie aus Luft, überquerte sie geradewegs die vier Spuren, ohne sich oder die Autofahrer je zu gefährden. Jedesmal wenn sie mit dem linken Fuß auftrat, zuckte sie im Körper zusammen, aber ohne eine Reaktion im Gesicht. Und dann stand sie vor mir, zum Berühren nah, und sie roch schlecht. Sie mußte schon lange in den Stoffen eingewickelt gewesen sein. Das Braune bog sich steif vom Dreck, verschmiert und verklebt wie eine Rinde um ihren dürren Körper. Dann bekreuzigte sie sich, mit einer graden, harten Bewegung, nahm aus der Tüte Reste einer Bibel heraus, blätterte durch die losen Seiten, als suche sie ein bestimmtes Wort, hielt an einer Stelle inne, stierte eine Weile auf den Text, als würde sie Ameisen beobachten, schlug das Buch zu, kontrollierte dreimal hintereinander, ob alle Blätter unter dem Deckel sind, und legte das Buch in die Tüte zurück. Zum Abschluß bekreuzigte sie sich exakt wie zu Beginn, als würde sie an Schnüren geführt. Danach wiederholte sie endlos dasselbe mit denselben Bewegungen in derselben Reihenfolge. Ich sah keinen Sinn in dem, was sie tat, sie bewegte sich wie eine Marionette, wie eine programmierte Substanz.

Die Passanten sahen immer zuerst mich an – die »Normale« –, bevor ihr Blick flüchtig zu der eingewickelten Frau huschte, um dann, offensichtlich verständnislos, wieder bei mir zu enden. Nach einer kurzen Irritation schüttelten die Vorübergehenden den Kopf: Ich wäre ja wohl noch irrer als die Irre, wenn ich auf eine Erklärung einer Irren wartete. Aber ich blieb, starrte auf diese baumgewordene Frau, die wie eine Made in einem fensterlosen Universum lebte.

Das Telefon klingelte. Es war Rick. »Da bin ich wieder«, sagte er, als hätte er etwas erledigt.

»Was ist passiert?« fragte ich.

»Die Zelte am Neumarkt werden abgebaut«, antwortete er, »und euer Mike lief da herum, und da habe ich gedacht, ich dachte, vielleicht will er mit denen verschwinden.«

Ich war so überrascht, daß ich den Sinn erst tropfenweise erahnte: »Was hat er gesagt?«

»Er hat versprochen dazubleiben.«

Das wunderte mich nicht, denn Mike ist wirklich ein besonderer Junge, aber Ricks Engagement verblüffte mich. »Ja, er ist sehr zuverlässig«, sagte ich.

»Und wenn er das Abi schafft, habe ich versprochen, ihm eine gute Zirkusschule zu besorgen.« Er sagte das leicht und verspielt. Es war fast derselbe Ton, mit dem er die Perlenohrringe für mich entschieden hatte. Ich fragte ihn, warum er das mache, er kenne den Jungen doch gar nicht.

»Warum nicht? Ich bin Geschäftsmann«, antwortete er ironisch, »sieh es als eine Investition.«

Mir gefiel nicht, was er sagte, aber mir gefiel das, was er getan hatte, und ich fragte, was Mike geantwortet hatte.

»Er sieht das ganz locker, Rosas Freunde sind auch meine Freunde, hat er gesagt. Was ist mit Katja?«

»Sie wird noch untersucht, aber selbst wenn die sie millimeterweise unter das Mikroskop legen – was sie wirklich getötet hat, werden sie nicht finden. Ihr Alptraum ist unsichtbar.«

Da winkte Ulla mit Geschirrtüchern vom Hof herüber, daß der Kaffee fertig wäre. Die Musik war zu laut, um sich anders Gehör zu verschaffen.

Ich nickte ihr zu. »Wo bist du jetzt?« fragte ich Rick.

»Bei dir«, sagte er kaum hörbar, aber seine Stimme bekam ein Gesicht und das Gesicht einen Ausdruck. »Hotelterrasse«, dachte ich und hätte mich am liebsten wieder hingelegt. Aus den Boxen flog der amerikanisierte Afro-Rhythmus durch die offenen Fenster und Türen bis hinein in jeden Muskel: This is the story of how we begin to remember, this is the powerful pulsing of love in the vein ... und schob wie eine Welle die nächsten Worte langsam vor sich her, und ich sagte:

»Ich habe Lust aufs Meer.«

»Nimmst du mich mit?«

»Ja.«

Die Verbindung ruckelte wieder: »Hast du ja gesagt?«

»Ja.«

»So richtig ›ja‹, mit einem Anfang, mit Verlieben und allem Drum und Dran?«

»Ja, wenn du die Perlen zurücknimmst.«

»O. k., mach ich. Was noch?«

»Welche Worte würdest du mitnehmen?«

»Hollanddünen, Möwenkreischen, Wasserwandern, Sanddornbüsche, Julisonne, Segelboote«, die Verbindung drohte abzubrechen, ganz dünn hörte ich noch: »Horizonte, Salz im Ohr und Händchenhalten, hmm! Ich glaube, das wird schön.«

Und da stand er plötzlich in der Tür, wie hingebeamt, groß und breit, mit Sonnenbrille, im weißgelben Morgenlicht: »Und wann fahren wir?«

Mir war, als hätte ich eine Erscheinung, als zerbröselte gerade all mein Widerstand. Ich hatte ihn nicht kommen gehört und stammelte die einzigen Worte, die in solchen Situationen wohl jeder sagt: »Was, du? Hier? Wieso? Was machst du denn hier?«

Er genoß es offensichtlich, daß ihm die Überraschung gelungen war, lehnte sich an den Türrahmen, verschränkte die Arme über die Brust und grinste wie ein Junge, der Pirat spielen wollte: »Also, wann fahren wir denn nun?« Aber dann fiel die kurze Inszenierung rasch zusammen. Er war im Feindesland zwischen Gräsern, Blüten, Staub und Pferdemist gelandet. Das große Niesen begann. Seine Allergie hatte ihn wieder im Griff und schüttelte ihn wie eine Rassel. Erst im leichten Dreier-Rhythmus, dann unregelmäßiger, aber um so heftiger.

Ich mußte lachen, ich lachte, bis mir der Hals weh tat, lachte endlos, als hätte das Lachen Flügel bekommen und wollte nicht mehr zurück. Rick schneuzte sich, nieste und lachte schließlich mit. Dann schloß er die Tür hinter sich und kroch zu mir unter das Moskitonetz. »Nun sag schon, wann fahren wir endlich!« Und schon wieder mußte er niesen. Ich konnte gar nicht mehr aufhören. Ein paar winzige Pollen, und ein riesiger Mann schrumpfte zu einem schnupfenden, tränenden Häufchen Allergie zusammen!

»Also, wann?« fragte Rick noch einmal mit gespielter Wut.

»Sobald es geht«, hörte ich mich dann irgendwann später sagen, als es leiser geworden war und wir uns, eingewickelt im Moskitonetz, sowieso nicht mehr von der Stelle wegrühren konnten.

Dank an Ayse für »die Gedanken«, Dank an Helmut Sohnle für »den kleinen Jungen« und Dank an meine Eltern für ihre unermüdliche Hilfe.

KiWi

Renan Demirkan (Hg.)
Der Mond, der Kühlschrank und ich

Heimkinder erzählen

KiWi 628

Also wenn Du mal ins Heim kommst, brauchst Du überhaupt keine Angst zu haben, denn jetzt weißt Du ja, wie es hier ist. *Sabrina, 12 Jahre*

Gedichte, Rap-Texte, Erzählungen, Reportagen, Tagebuchtexte und Märchen, geschrieben von 5jährigen Kindern bis zu 17jährigen Teenagern. Ein Buch aus tausend Facetten, das ein unerwartet differenziertes Bild einer Welt zeigt, die wir alle nicht genügend kennen: Heimkinder in Deutschland!

KiWi

Renan Demirkan
Die Frau mit Bart

Eine Erzählung

KiWi 668

Zwei Frauen an Wendepunkten ihres Lebens – in der Liebe und im Beruf – treffen sich einen Nachmittag auf einer Nordseeinsel. Erinnerungen werden ausgetauscht, in Rückblicken ziehen noch einmal die »Szenen eine Ehe« vorüber – die rosaroten Anfänge und die Etappen des Zerfalls.